DERROTADOS E TRIUNFANTES

Juremir Machado da Silva

DERROTADOS E TRIUNFANTES

Contos de realidade e ficção

DERROTADOS E TRIUNFANTES

CONTOS DE REALIDADE E FICÇÃO

AUTOR: Juremir Machado da Silva

DIRETOR DA ALMEDINA BRASIL: Rodrigo Mentz

EDITOR: Deonísio da Silva

ASSISTENTES EDITORIAIS: Alessandra Costa e Mary Ellen Camarinho Terroni

ASSISTENTES DE PRODUÇÃO: Larissa Nogueira e Letícia Gabriella Batista

ESTAGIÁRIA DE PRODUÇÃO: Laura Roberti

REVISÃO: Daboit Textos

CONCEPÇÃO GRÁFICA: Eduardo Faria/Officio

SUPERVISÃO GERAL: Deonísio da Silva e Marco Pace

ISBN: 9788563920331

Junho, 2023

Dados Internacionais de Catalogação na Publicação (CIP)
(Câmara Brasileira do Livro, SP, Brasil)

Silva, Juremir Machado da
Derrotados e triunfantes / Juremir Machado da Silva. -- 1. ed. -- São Paulo : Minotauro, 2023.

ISBN 978-85-63920-33-1

1. Contos brasileiros I. Título.

23-151367 CDD-B869.3

Índices para catálogo sistemático:

1. Contos : Literatura brasileira B869.3
Eliane de Freitas Leite - Bibliotecária - CRB 8/8415

Este livro segue as regras do novo Acordo Ortográfico da Língua Portuguesa (1990).

EDITORA: Almedina Brasil
Rua José Maria Lisboa, 860, Conj.131 e 132, Jardim Paulista
01423-001 São Paulo | Brasil
www.almedina.com.br

CONTO ÚNICO

Apocalipse

Quando acordou, estava diante de Deus...

SUMÁRIO

I
Realidades
MICROCONTOS

1
Da natureza dos seres

Vilma raspava latas na solidão do seu lugar. Tinha imensos olhos tristes e uma boca rasgada como uma lagoa. Dela, sem que isso fosse necessário como informação, todos diziam: "É louca". Falavam assim como quem diz "vai chover" ou "que calor". Quando lhe perguntavam seu nome, ela respondia preparando a sequência: "Vilmaaaa". Nome e sobrenome: "Vilma Louca". Ela raspava latas do amanhecer ao entardecer, jamais à noite, inverno e verão, com chuva ou sol, vento ou calmaria, sempre agachada embaixo do frondoso umbu da esquina ou do cinamomo do fundo do pátio. Raspava latas e rezava. Pedia proteção contra homens maus, bichos ruins, cobreiros, pragas e escorpiões. Um dia, depois de raspar latas por doze horas seguidas, olhou para cima, contemplou o céu, talvez o mais azul da sua vida, e exclamou:

– Ora, vá lamber sabão.

2
Fora dos trilhos

Olhava o trem passar todos os dias. Conhecia os seus horários e até os seus atrasos. Menino, encantava-se com a máquina preta soltando fumaça, rolos que se perdiam no céu cristalino. Adulto, via o sol faiscar na fachada da locomotiva vermelha. Atônito, acompanhava a passagem veloz do Húngaro e do Minuano. Velho, não se lembrava se eram o mesmo. Diziam que trazia muitas mortes nas costas.

Não se gabava nem se lamentava. Exibia sempre o mesmo sorriso cândido. Poderia ser um bom contador de história se não fosse lacônico. Vivia para olhar e isso parecia dar-lhe um bom naco de paz. Havia, porém, quem jurasse que cultivava o sonho de ir embora no trem. Um dia, sem que ninguém lhe perguntasse, matou a dúvida que via nos olhos de quase todos:

– De que adiantaria? Eu iria comigo.

3
Paz nos campos

Tinha nome de apóstolo: Mateus. Vivia de modo franciscano. Conversava a cada dia com o padre do vilarejo, que se chamava Gumercindo. Ou se chamara, como ele mesmo dizia, quando paisano. Incorporado, atendia por Clemente. Cultivavam uma amizade de meio século regada a pescarias e jogos de truco por rapadura. Na Semana Santa, entre as missas da manhã e da noite, soltavam pandorgas. Um dia, o lugar recebeu uma visita para entrar na história, se alguém ali fizesse anotações. Um bispo. O homem era magro, elegante e muito sério. Olhou a imensidão dos campos, coração mais profundo do latifúndio, com as suas majestosas mesetas, e declarou solenemente:

– Tudo isso é de Deus. Que grande obra.

Mateus olhou o visitante sem afronta. Disse com serenidade:

– Tomara que um dia seja dos homens.

Clemente balançou a cabeça afirmativamente.

4
El invisible, o homem que inventou o holograma

Nathan Gomes de Araújo sempre foi um homem discreto, a ponto de, vivendo na linha divisória entre o Brasil e o Uruguai, ser conhecido como *El invisible*. Quando despertou de sua longa letargia burocrática, avisou que pretendia contar a história do mundo na proporção exigida pelo seu objeto. Já não era invisível, todos sorriam ironicamente quando ele passava. Depois de muita demora por causa de uma questão metodológica, inventou um artefato pelo qual a parte estava no todo e o todo estava na parte. Ao mostrar a descoberta ao único amigo para quem sempre se mostrara visível, este exclamou: um holograma. Nathan gostou muito desse nome e tratou de adotá-lo. Já podia escrever a história que quase não podia conter. Afinal, ele estava no mundo, que estava dentro dele. Então, livre, escreveu a sua autobiografia

5
Etapas da vida

Na primeira vez em que foi censurado num jornal, era jovem, usava cabelos longos, trabalhava de havaianas, ouvia Janis Joplin, lia poemas da geração *beat* e acreditava na era de Aquarius. A palavra que mais amava era utopia. Na última vez em que o censuraram já era sexagenário, tinha longas entradas laterais e cabelos embranquecidos, lia Schopenhauer, usava sapatos pretos, blazer cinza, ouvia velhas canções de

Belchior e acreditava na teoria da trincheira: ficar dentro para, não podendo dizer tudo, passar o mínimo essencial. Quando se deu conta, em tempos sombrios, já não dizia muito ou quase nada. Então o chefe, que quando o encontrava lhe declarava o seu respeito, disse-lhe suavemente, depois de falar da vida, da morte e de novos desafios:

– Vamos estar descontinuando a nossa relação.

– Por que mesmo? – ele ousou perguntar.

– Fim de um ciclo. Tudo termina um dia.

6
Recomendação

Era um homem muito religioso e conservador. Sentia-se em cruzada contra a morte dos bons valores ocidentais. Não queria que se falasse em racismo para não criar divisões na população. Para ele, no lar, mandava o homem. Só assim haveria família. Gestor frio, toda vez que demitia alguém, o que fazia em nome do rigor financeiro da empresa ou do zelo ideológico contra "comunistas", que via por toda parte, ficava alguns minutos em silêncio. Por fim, dizia aos seus assessores:

– Preciso pensar o que o Senhor Jesus faria em meu lugar.

7
Caminhada com Belchior

Quando Belchior, um dos seus ídolos musicais o procurou, depois de muito tempo sumido, vagando pelo

Uruguai e pelo sul do Brasil, caminhou dois quarteirões conversando com o cantor e compositor, enquanto os outros vinham, dois à frente e dois atrás. Então, ao atravessarem uma rua do bairro tranquilo, o Bom Fim de antigas noites boêmias e de uma Jukebox na qual se podia ouvir "gente da minha rua como eu andei distante" ou "eu sou apenas um rapaz latino-americano sem dinheiro no bolso", fez a pergunta que qualquer um faria:

– Por que largou tudo e saiu por aí?

Belchior sorriu, olhou-o frontalmente, exibindo o seu basto bigode, que parecia colado entre o lábio e o nariz, e disse:

– Ainda não sei.

8
Silêncio eloquente

Ele era velho, pobre e triste. Todos o chamavam de Mocinho. A cada manhã, num ritual que só se interrompia com a morte dos seus cavalos, animais magros e decadentes que ganhava de algum fazendeiro, subia na sua carroça e seguia até o centro da cidade. Do seu ponto de observação, um barranco à beira da estrada poeirenta, um menino observava o avanço do dia. Passava o leiteiro no seu Jipe tão destroçado quanto o motorista, de cujos lábios pendia um apagado cigarro de palha. Depois, era a vez de Atílio, produtor rural falido, na sua Chevrolet descascada, que um dia fora o veículo mais bonito do lugar. Era uma sequência imutável: Mocinho, Hugo e Atílio. O retorno, porém, não se dava na mesma ordem. Mocinho era o último a voltar. Passava duas horas contadas na casa da sua irmã, onde tomava café, fumava três cigarros feitos à mão e permanecia a maior parte do tempo em silêncio. Um dia, uma visita da irmã não resistiu e perguntou:

– O senhor nunca diz nada?

– O silêncio fala por mim – ele se ouviu responder.

Foi a melhor frase da sua vida. A única que foi ouvida.

9
A prisioneira

Mãe solteira muito jovem ela amou muitos homens numa época em que só os homens podiam ter muitos amores. Eram quase todos poderosos, casados, ricos e mais velhos do que ela. Um deles, marido da irmã de um magnata da imprensa, construiria para ela uma estranha réplica de castelinho medieval no centro da cidade. Ela deveria ser a sua princesa. Mas se sentiria prisioneira. Outro homem, dono de jornal, a libertaria do castelo, mas não se libertaria do casamento para viverem juntos um conto de fadas. Nem pensou nisso. Uns a chamavam de perdida, outros, com suposto humor, de um achado. Chegou a amar um homem mais jovem. Todas as suas histórias de amor ficaram pelo caminho. Viveria solitária até quase os cem anos de idade, lembrando feliz a cada instante de tudo o que lhe acontecera. Uma vez, interrogada sobre quem fora na vida, respondeu com uma dose de candura e outra de ironia:

– Aquela que qualquer uma poderia ter sido. Ou gostaria.

10
Legalidade e lealdade

Ele havia sido convocado para lutar em 1930 do lado dos legalistas. Estaria em Itararé, a chamada batalha que não aconteceu. Guardaria imagens muito fortes dos instantes de perigo. Mais fortes ainda do que quando vira passar alguns dos seus ídolos militares. Legalista à vida inteira, por dever de farda, um dia confessaria:

– Eu torcia pela vitória de Getúlio.

11
O pistoleiro que entrou para a história

Pistoleiro de aluguel, ele era daltônico. Na primeira encomenda, confundiu as cores e matou o homem errado. Era só uma questão de infidelidade conjugal. Na segunda encomenda, atirou para baixo por não saber usar uma arma pesada, calibre 45. Era um caso político. Entraria para a história como o homem contratado para matar Carlos Lacerda, o Corvo, no que ficaria conhecido como atentado da rua Tonelero. Acertou o pé da vítima, matou um oficial da aeronáutica que lhe servia de guarda-costas e feriu na perna um guarda que o perseguiu. Muito velho, já bem distante dos anos de prisão, seria candidato a vereador numa pequena cidade. Para este jornalista, com quem voltara ao local do crime, nos cinquenta anos do suicídio de Getúlio, contaria, na última conversa telefônica que tiveram, os seus planos para se eleger:

– Estou muito animado. Acho que dá. Vou me apresentar como o pistoleiro que saiu do anonimato para entrar na história.

Não se elegeu.

12
À altura

Assessor de Getúlio Vargas, ele era inteligente, culto e versátil. Ia da economia aos judiciosos conselhos políticos. Idoso, lembrava de detalhes importantes dos bastidores do governo naqueles dias conturbados que precederam o desastre. Fiel entre os fiéis, praticava uma nostalgia lúcida e informativa. Perguntado sobre as razões que haviam levado o presidente a escolhê-lo para o seu círculo mais restrito, abriu um sorriso de menino e confessou orgulhoso:

– Ele gostava dos baixinhos como eu. E como ele, bem entendido. Não queria, na farra, nas "saídas alegres", parceiros mais altos que ele.

– Não o aborrecia esse critério?

– Claro que não. Ele tinha senso de humor.

– E o senhor?

– Estive à altura de tudo o que me pediu.

13
Revelação

A vida inteira ela cuidaria da avó, que nunca a reconheceria como neta. Entregava-se de corpo e alma a proteger aquela senhora longeva. De tanto se ocupar da outra e de ouvir as suas histórias praticamente não tinha vida própria. Quando a avó morreu, fez um DNA. Comprovou-se o que era sabido. Era sangue do sangue da falecida. Então, com a voz suave de sempre, sufocando anos de mágoa, contou:

– Ela nunca aceitou o fato de que minha mãe era negra.

– Mas tu cuidaste dela todos os dias.

– Durante cinquenta e três anos. Muitas noites passei em branco.

14
Entre amigos

O apresentador havia matado um homem por engano. Um dos participantes matara dois caras em legítima defesa. O convidado havia matado alguém que tentara assaltá-lo. Encontrou os três conversando. Um deles, de bom humor, disparou uma tirada que nunca esqueceria:

– Tu não mataste ninguém, mas senta aqui com a gente.

– Do futuro ninguém sabe – brincou para não se sentir diminuído.

– Nunca vais matar ninguém – disse-lhe o convidado.

– Como pode saber?

– Tens o medo da morte nos olhos.

O medo era a sua maneira de se controlar.

15
Dois cavalos

Era um homem robusto e alto. Andava pelos trinta anos. Ria muito quando comparavam a sua força com a de animais. Tanto fizeram isso que ganhou o apelido de Cavalo. Quando morreu já ninguém sabia o seu nome. Ouvira dizer que na fronteira um homem tão forte quando ele havia corrido contra um cavalo e vencido. A aposta era quem cansaria primeiro. O animal teria estrebuchado. Então resolveu que também ele bateria um equino. Escolheu um alazão faceiro do qual gostava muito. Quando o bicho exausto dobrou as patas dianteiras, apiedou-se. Quis carregá-lo nas costas de volta para casa. Tentaram dissuadi-lo. Não ouvia. Dizia que o bicho era seu filho e que o protegeria. Tão grande foi o seu esforço para erguer o cavalo que todo o seu corpo quebrou.

Foram enterrados na mesma cova.

16
Cumpra-se a lei

Era um jovem magro, pardo e de olhos tristes. Tinha acabado de cometer o mais banal dos crimes: roubar num supermercado para alimentar o filho. Estava exausto de procurar trabalho e de só encontrar negativas. Corria para casa com duas caixas de leite e um pacote de biscoitos quando foi interceptado por um policial, um homem obeso e suado. Em dois minutos estava com a algema no seu pulso direito. Uma das caixas de leite se rompera. Havia uma poça branca no chão. Então, sem mais nem menos, o policial começou a passar mal. Viu aquele homem gordo desabar. Pensou em correr com o leite intacto. Mas olhou nos olhos do policial e parou. Ele implorava por ajuda.

Abaixou-se, tocou-lhe no rosto, sentiu-lhe o pulso esquerdo, como havia visto num filme, ouviu o homem balbuciar: "Me ajuda, tenho filhos". Saiu correndo até o supermercado. Custou a se fazer entender. Cobrira com o blusão a algema pendurada no braço. O policial foi internado, um AVC, passou uma semana no hospital, voltou para casa com sequelas.

Foi em sua casa, diante dos filhos adolescentes, que o policial recebeu a visita do seu salvador. Os meninos saíram do quarto.

– Obrigado – disse o policial.

– Vim me entregar.

– Ficou louco?

– Meu filho morreu.

17
O homem que descobriu o Brasil

Não se sabe quando ele chegou ao Brasil. Nem sua cidade de origem em Portugal. Nem sequer a sua data de nascimento. Sabe-se, porém, que morreu 30 de setembro de 1824, em Pernambuco, lutando contra as forças imperiais, na Confederação do Equador. Chamava-se João Soares Lisboa e teria sido o primeiro editor a ser processado no Brasil por delito de imprensa. O seu primeiro jornal, o *Correio do Rio de Janeiro*, queria a emancipação do Brasil e a república. José Bonifácio, o "patriarca da Independência", mandou prendê-lo, deportá-lo e exigiu que renegasse as suas ideias equivocadas. Lisboa e os seus amigos andariam "espalhando doutrinas erradas, e contrárias ao sistema do Governo estabelecido, já em público, já em associações particulares, que pretendiam desacreditar o mesmo governo, alterar sua forma, e fomentar a discórdia e a guerra civil". Uma "devassa", termo que poderia ser traduzido por investigação, sem os cuidados de um devido processo legal, foi instaurada contra ele. Era um homem muito perigoso: falava em voto direto, sonhava com democracia, não se intimidava diante dos poderosos. Chegou a editar seu jornal da cadeia.

O primeiro número do seu corajoso panfleto saiu três meses depois de D. Pedro ter declarado o seu "fico". Lisboa teria prometido a si mesmo que faria um jornal para que o português se fosse. Deportado, passou algum tempo em Buenos Aires. Anistiado, instalou-se em Pernambuco. A vida inteira combateu o mesmo inimigo: o despotismo. Cairu, radical da suposta moderação, dizia que o povo conduzido por tais agitadores era um "dragão beócio", expressão da qual Lisboa ironicamente poderia orgulhar-se, assim como de outras que foram aplicadas a homens como ele: "monstros desorganizadores", "facciosos", "inimigos da tranquilidade pública", "semeadores de guerra civil", traidores do império". Foi enterrado às margens do Capibaribe. O seu último jornal, que ele nunca parou de crer na palavra impressa, tinha um título insuportável para os tiranos: "Desengano Brasileiro".

18
Dedicação

Dedicou a vida a salvar vidas. Não teve feriados nem férias. Saltava da cama de madrugada para cumprir o seu dever. No inverno, o sobretudo e o guarda-chuva estavam sempre ao alcance das suas mãos. Voltava para casa com pagamentos pouco ortodoxos: uma galinha, um garrafão de vinho, uma melancia. Só lhe importavam as vidas salvas. Quando lhe perguntavam quantas vidas já salvara, abria um sorriso: "Muitas", dizia. Não era homem de contabilidades. Além disso, explicava, quando estava de boa vontade e com tempo, havia uma questão de metodologia: o que era salvar uma vida? Salvar de um infarto ou dos maus hábitos diários que podem comprometer a saúde de alguém? Nessa missão, ficou sozinho. A mulher cansou de esperá-lo. Assim envelheceu. E aí lhe aconteceu algo estranho. Começou a ter medo da morte. Aposentado, contava, primeiro, os anos para morrer; depois, os meses; por fim, as horas, os minutos, os segundos. Então, para não esperar mais, para silenciar o medo, para calar o pavor, ele se matou. Tinha 86 anos, amava os pássaros, os gatos e as pequenas contradições.

19
Dona Pergaminha e seu tesouro

Era velha e feia por ser muito enrugada. Uma época, recebera o apelido de Pergaminho, que virou Pergaminha. Depois, como ninguém mais sabia o que significava

Pergaminho e a palavra era longa, virou Perga, ou a Perga da casa da esquina. Criara doze filhos curtindo peles de ovelha. A quem lhe perguntava como andava a sua vida, respondia solenemente com a precisão e a formalidade de um especialista:

- Trabalhando um carnal.

Conta-se que na juventude fora bela e vaidosa como vaidosas e belas eram as mulheres daquele lugar perdido entre o fim do Sul e o começo do Norte, que assim àquele canto se referiam os poetas daquelas lonjuras desconhecidas até dos viajantes. A prova da sua vaidade, que da beleza ninguém duvidava, seria um brinco de pérola do qual nunca aceitava se separar, nem mesmo quando a fome rondava a sua casa entortada pelos ventos. Trabalhava em dobro para salvar a sua joia. A um homem que ousou dizer que quase sacrificara os filhos por uma futilidade, puxou um facão e o chamou para um duelo, que se recusava a ferir alguém desarmado. O provocador desculpou-se. Ela insistiu:

– Filho meu nunca passou fome. Me enfrente como um homem.

O sujeito fugiu. Quando ela morreu, aos cento e dois anos incompletos, numa tarde mormacenta de dezembro, como sempre previra, uma tataraneta risonha revirou as suas coisas. Na bolsinha que a velha trazia sempre pendurada no pescoço, onde guardava também uma pequena foto de cada filho, a moça só encontrou uma continha cor de pérola.

20
Solidão eterna

Nunca ficava sozinho. Mesmo tendo saído muito cedo de casa, ainda adolescente, sempre havia morado com amigos. Até que se casou. Com o passar dos anos quase não botava mais o pé na rua só, nem para dar uma caminhada no bairro, onde todos o conheciam e procuravam protegê-lo dos seus fantasmas. Era tão conhecida a sua fama que vizinhos, quando o viam solitário e inquieto, em rara aparição sem apoio, já o tranquilizavam: "Estamos aqui, tranquilo". Às vezes, faziam-lhe companhia até que fosse resgatado em segurança.

Não ficava sozinho em lugar algum. Nem em casa. A mulher era a sua aliada permanente. E assim passou os melhores anos da sua existência, aqueles em que acreditava que voltaria a ser criança e a soltar pandorga no seu vilarejo natal. Profissional admirado e competente, trabalhou durante mais de quarenta anos na proteção de vulneráveis. Então se aposentou e guardou o chapéu. Velho, declarava a quem quisesse ouvir que tinha medo da morte. Não sentia vergonha dos seus temores. Tomava-os como naturais. Uns não têm medo, dizia. Outros, sim: "Eu tenho". Contentava-se com essa filosofia simples. Uma ou duas horas de solidão já o punham em desespero. Tinha medo de si mesmo. Lamentava não ter tido filhos para lhe fazerem companhia.

Pouco antes de expirar, cercado pelos melhores amigos, definiu a morte, a morte que tanto o assustava: a solidão pela eternidade.

21
Andarilho

Via a miséria em torno com olhos incompreendidos. Terras que ondulavam até a vista se confundir. O que queria? "Sempre foi assim", diziam-lhe com resignação e mate amargo. Contemplava a imensidão dos campos, que chamava de latifúndio, palavras que os demais nem conseguiam pronunciar, e sentia uma tristeza imensa, tão grande e aguda que chamava de tristeza de poeta. "Deus põe e dispõe, a gente obedece", repetiam-lhe os mais velhos. Certos dias, atrevia-se a desafiar todo mundo. Falava de justiça social, de igualdade, reforma agrária, de dividir aquelas terras para que todos tivessem mesa farta. Tentavam acalmá-lo, silenciá-lo a qualquer custo: "Ficou louco", era o que mais se ouvia. Davam-lhe cachaça para que dormisse de bêbado ou tivesse uma justificativa se o prendessem. Apesar de tudo, era um homem do seu lugar. Quando o tempo virava, falava como os outros:

– Vem chuva. Já fechou pros lado da Banda Oriental.

Então, desapareceu. Por anos não se ouviu falar dele.

Foi morto pela repressão, no Uruguai, em 1973.

Era tupamaro.

Antes de expirar, teria dito:

– Em cada peão de estância verão sempre a minha alma.

Outro relato dá conta de uma frase menos enfática:

– Que linda pandorga vermelha!

22
Uma amizade francesa

Estava sentada no canteiro central do boulevard Raspail. Não era longe da Casa das Ciências do Homem. Parecia ainda mais gorda e baixa. Uma senhora de cabelos ralos e descorados. O rosto exibia uma vermelhidão doentia. Fazia em torno de 35 graus. Paris derretia. Só se ouvia a palavra canícula. Pessoas entupiam os hospitais com problemas respiratórios. O número de mortes aumentava rapidamente, deixando esbaforidos, nos telejornais, os gestores municipais. Ela, no entanto, parecia alheia ao calor e ao mundo. Havia muitas sacolas junto ao seu corpo, como se formassem um bunker para a sua solidão escaldante.

Cheirava mal. Já não se lavava com frequência. Ou só raramente. Vivia os dias na rua apesar de ter cinco *studios* em Montparnasse. Sim, era ela, a irmã do diplomata que servira na Índia, a vizinha dos pequenos apartamentos abarrotados de livros e de jornais, a acumuladora que voltava para casa ao anoitecer com sacos cheios de papéis velhos e novos, a leitora contumaz do *Figaro*, a professora que falava várias línguas, inclusive o russo, a intelectual nacionalista que citava Léon Daudet, quando não era Charles Maurras, e ouvia Charles Trenet numa vitrola desconjuntada, a reacionária enfática que considerava a possibilidade de votar em Jean-Marie Le Pen, o ogro da extrema direita francesa, mas não o fazia por rejeitar o seu racismo deslavado e repugnante. Sim, era ela mesma, com o corpo suado, os olhos azulados quase cobertos pela gordura da face, uma melancolia estampada em algum lugar da alma, que parecia se ausentar do corpo.

Custou a sair do seu mutismo e a soltar uma expressão alegre de reconhecimento, que não durou muito, talvez uns cinco minutos.

– Ah, c'est vous, le Brésilien!

O garçom apiedou-se como fizera um ano antes, no meio do inverno, numa tarde de céu cinza depressivamente baixo, quando aceitou que entrassem na parte fechada do Café, onde a calefação pesava o ambiente com um ar de peste. Sim, era o mesmo homem, com seus cabelos esbranquiçados e sua voz entediada. Duas vezes a mesma consideração. Merecia a Legião de Honra. Ela bebeu um café ignorando a temperatura elevada da rua, tentando prestar atenção em palavras que já não lhe diziam o que quer que fosse. Então, viu, na mesa ao lado, um livro esquecido ou abandonado, "Journal d'un curé de campagne", e seu olhar se iluminou, um intenso clarão, tão solar quanto aquele dia.

– O senhor leu Bernanos?

– Ele viveu no Brasil.

Ela não ligou para a resposta. Estava subitamente concentrada. Embora afogueada pelo calor, exibiu, por um momento, uma expressão quase fresca, de uma suavidade, quem sabe, primaveril, aos 79 anos:

– Eu fui feliz. Vivi para ler – disse.

Em seguida, voltou ao seu isolamento social.

23
Insônia

Acorda no meio da noite e consulta relógio cujos ponteiros se contorcem como serpentes numa caixa transparente: uma hora da manhã. Tão longe da aurora. É só, na verdade, o começo da noite eterna. Tenta dormir novamente e se vê num pesadelo: não há mais lugar para a crônica no mundo, muitos menos para a poesia. Um homem muito moderno lhe aponta o dedo e grita: "Cronista". Então muitas vozes se elevam numa mesma emoção: "Cronista". Uma senhora muito elegante diz: "Tem coisa pior. É poeta". Todos se erguem numa mesma comoção: "Poeta!"

Acorda outra vez e novamente consulta o relógio cujas serpentes dormem enrodilhadas umas nas outras: uma e meia. Não quer dormir por medo de voltar ao pesadelo. Sabe que não escapará de todos aqueles olhares e dedos apontados de todos os lados. Sente que atravessará a madrugada tentando mudar de vida. Promete ser outro, pragmático, compreensivo, esperto, transversal. Talvez até consulte um *coach*. Tem consciência de que nada parece mais arrogante do que decidir sozinho sobre como fazer as coisas. Um *coach* de crônica e poesia. Um *coach* de amor. Um *coach* de metafísica. Uma *coach* para lidar com a cultura do ressentimento. Vira de lado e tenta esquecer o que sente e vê.

Dorme e cai noutro pesadelo: um imenso vazio, um deserto tão vasto quanto uma noite de insônia, a noite dos anos. Quer sair logo daquele inferno tão previsível e estranhamente verde. Não pode. Um contador indica quantas pessoas já viram o seu sofrimento. Só poderá sair quando atingir determinado rendimento. Sabe que não conseguirá. Escreve uma frase num caderno de linhas amplas que esconde sob os cobertores. Se for descoberto, pagará pela desobediência. Diz assim: "Era manhã na minha solidão, eu olhava os campos com olhos de boi".

A punição para esse tipo de sentimentalismo é severa. Assume uma posição fetal e pede a Deus que o proteja da sua cabeça. Tem vontade de cavalgar, de voar e de contemplar a manhã sem névoa num lugar do qual já não se lembra. Imagina um mundo sem crônica, sem poesia e sem manhãs vadias. Compreende que não teria lugar num mundo assim. Não chora nem culpa quem quer seja. Tem consciência de que as tecnologias são para todos, para o bem de todos, e que avançam implacavelmente ceifando carregadores de água e até abelhas polinizadoras. A essência da técnica, como dizia o filósofo, não é técnica. É existencial.

Levanta-se e abre um livro de poesia. Comete uma heresia. Compraz-se na solidão de veludo. Pela janela, vê a noite que não tem pressa de morrer. Luzes piscam ao longe, mas já não iluminam o futuro nem o presente. São estrelas mortas em ampolas. Em outros tempos, teria acreditado no poder da palavra. Então fecha o livro sem ter lido uma só estrofe. Conhece cada verso, embora seja incapaz de recitá-los de cor. A sua memória precisa ser acionada por *hastags*. Em breve, imagina, ela se acenderá como uma vela na procissão das lembranças.

Dorme e acorda. Certamente mais dorme do que acorda, pois sempre se engana quanto ao tempo que permanece desperto. Ao amanhecer, escreve uma crônica para confessar suas dúvidas. Pergunta-se: quem ainda lê crônicas? Pressente que os leitores de crônicas, ainda mais poéticas, já não pagam ônibus. São leitores preferenciais. Adormece.

24
Imagens da guerra

Queria muito ter um filho. Contratou uma barriga de aluguel num país distante cheio de casas ocres e de rios caudalosos. Todos os dias, com zelo e pontualidade, mantinha contato com a mulher que carregava a sua alegria futura de ser mãe. Trocavam palavras num inglês básico só compreendido por mulheres em torno de uma gestação. Até que o silêncio se fez. O país da barriga de aluguel estava cortado do mundo. Era preciso reagir. Ela e o marido desbloquearam seus cartões de crédito internacional e partiram para o desconhecido. Ficavam sem economias, mas economizariam remorsos terríveis. A criança deveria nascer em pouco dias. Assim, entraram num mundo estranho devastado por uma guerra incompreensível e implacável. Viram filas de expatriados numa fronteira fria, passaram em vilarejos destruídos por bombas, contemplaram velhos perdidos em ruas e avenidas lamacentas, contabilizaram todas as tristezas do universo em poucas horas.

Seguiam em frente impelidos pelo mais nobre dos sentimentos: resgatar um filho. Cada criança que avistavam nos braços de uma mãe em fuga dava-lhes força para continuar. Apressavam o motorista e tradutor contratado com o que, em situação normal, não poderiam pagar. Olhavam as placas em letras coloridas e nada decifravam. Tudo era distante. Foram parados em tantas barreiras que perderam o medo de contar, embora se atrapalhassem com os números. E assim, entre sobressaltos e solavancos, por estradas salpicadas de carros queimados, chegaram ao destino. A menina havia nascido e ainda não tinha nome. Decidiram chamá-la Alice, sem qualquer ironia, pois não eram irônicos nem se tornariam ao batizar uma filha num lugar visitado pela tragédia.

Despediram-se da barriga de aluguel, que era alta e magra como uma tristeza longa, e deixaram-lhe parte do dinheiro que haviam sacado para alguma emergência. Da esquina ainda viram a moça com os três filhos abraçados nas suas pernas. Até a fronteira foi um novo périplo. Salvaram-se todos. Nunca souberam que a mulher e os filhos morreram três dias depois com a explosão de um morteiro. Que poderiam fazer?

25
Espessura do abismo

Sonhava com um homem que escrevia um livro de título sinuosamente filosófico: "Convencimento e consequência". Quando acordava, tinha a imagem dele entre os dedos, que eram finos e alterados pela artrite. Via letras serem levadas com a água da torneira quando lavava o rosto na pia de mármore e tristeza. Sorria para o espelho como quem pede desculpas por estar do lado errado.

Então se virava de costas para estancar o abismo.

26
Pão e pedra

Camille du Pont era uma mulher bonita e melancólica. Aos 23 anos, tinha quatro filhos e nenhum marido. Quando a revolução tomou as ruas, no calor de julho, deixou-se levar pela massa. Amanheceu numa praça no meio de homens desconhecidos. Um deles, que lhe pareceu belo e triste, propôs-lhe fazer sexo em troca de um pedaço de pão.

– Pelo prazer – ela respondeu.

Foi chamada de puta. Fugiu. Perseguida, já em casa, protegeu os filhos das agressões que choviam como granizo. Morreu ao meio-dia.

Foi chamada de santa prostituta pelos que pretendiam lhe fazer justiça. O homem com quem se deitou na praça atirou a última pedra.

27
Questão de disciplina

Jean Garnier era revolucionário desde os 13 anos de idade por influência do avô, um homem de espírito indomável e passado desconhecido, mas muito comentado. Jean odiava a nobreza por intuição e por ter lido Rousseau. Tinha visto os irmãos virem ao mundo e se convencido de que todos nascem iguais. Quando tudo aconteceu, Garnier colocou-se na linha de frente. Marchou com a massa, desafiou as autoridades, propôs que construíssem barricadas, insultou os nobres. Ninguém tinha tanto talento quanto ele para ofender a elite. No seu ímpeto, chocou-se com o chefe da revolução no seu bairro distante. Foi transpassado pela espada do outro ao cair de uma tarde luminosa. Diante da perplexidade dos companheiros, o assassino explicou:

– Ganhamos todos. Ele não tinha tripas para ser revolucionário.

28
Terra e liberdade

Ramón Merladet era filho de um estancieiro branco com uma escrava que morreu ao dar-lhe à luz. Adolescente, incorporou-se às tropas de Artigas. Queria pelear. Aprendeu tudo sobre surpresas, retiradas e guerrilhas. Por ter estado muito doente não participou da batalha de Tacuarembó, na qual seu chefe foi derrotado, tendo de se refugiar no Paraguai. Quando perguntavam a Ramón, a quem só chamavam de Mestiço, o que fazia numa guerra da qual podia não participar, ele respondia sem a menor hesitação no seu espanhol de jovem taciturno:

– Honro a memória da minha mãe.

Aos que não se contentavam com a resposta, Ramón concedia mais uma frase antes de se escafeder entre homens, cavalos e armas:

– Me contaram que ela só queria terra e liberdade.

29
Por um violino

Leôncio Real não tinha serventia. Era o que todos diziam daquele homem pálido, magro e sorridente. Aos 31 anos, sem nunca ter saído do seu vilarejo natal encravado no sul do país, encontrou um violino. Aprendeu a tocar como se a música jorrasse feito um milagre. Então se encheu de esperança de ser valorizado. Tocou na praça num domingo:

– Sujeito inútil – sentenciou o dono do lugar.

– Para que serve música? – emendou o seu capataz.

Tocou no funeral dos dois, mortos por um mesmo raio.

30
Trajetória

Chamava-se Gabriel Aurora e nada parecia destiná-lo a ter consciência do próprio nome. Tivera uma infância feliz nas fazendas do avô e uma adolescência turbulenta na casa de um padrinho, numa cidade grande o suficiente para que ele não se sentisse pequeno demais. Era o que se considerava naquele tempo uma pessoa normal e com futuro. Adulto, virava noites fazendo festas que só terminavam de manhã. Quando se deu conta do que era a sua vida, passado dos trinta anos, descobriu algo aterrador: não sabia o que fazer das suas tardes.

31
Destino

Contava-se que todo conto acertava contas com o passado. Assim, todo contista era mantido numa gaiola para que contasse sempre mais, tendo como promessa a liberdade. No dia em que perdia a crença no que contava, silenciando por falta de imaginação, era executado. Então um contista louco convenceu o tirano de que contaria sempre mais se pudesse andar enquanto contava. Ficou livre para caminhar em torno da praça com a condição de nunca parar de contar. Assim foi até o dia em que matou o rei e fugiu para Samarcande, onde conta suas histórias para enganar a morte, com quem tem encontro marcado, mas não sabe.

Seu nome: Antenor Boaventura.

32
Maltratados e triunfantes

Para triunfar sobre a dor era preciso viver.

Eis tudo.

Vivia-se.

33
Histórias de outrora

Só sabia falar do passado.

Chamava-se Feliciano Porvir.

34
Por amor

Sabia que aquele homem era mau. Via o olhar dele sobre a sua filha. No íntimo, sabia o que fazer se ele ousasse tocar na menina. Assim viveram por meses, um espreitando o outro no silêncio da vila quase abandonada. Ela era uma mulher bela, apesar dos sofrimentos, que podia seduzir quem desejasse. Ele, contudo, só tinha olhos para a adolescente. Era questão de dias. Ou de noites. Aquele homem de olhar límpido escondia uma alma turva que ela enxergava de longe. Quando sentiu que era chegada a hora ela se despiu e andou pela casa. Sabia que o atrairia para a sua cama. Quando o sentiu em si, puxou a faca de cabo de madrepérola e cravou-a profundamente nas costas dele.

– Por que assim? – ele ainda perguntou.

Não teve tempo de ouvir a resposta.

35
Repouso

Cuidava do cemitério como se fosse o jardim da sua casa, que, de resto, não tinha. Morava de favor num puxadinho no fundo de um pátio. Era um homem forte, ruivo e sempre sorridente. Não se queixava nem se sentia diminuído pelo que a vida lhe reservava. Gostava das manhãs de sol, das tardes de chuva mansa e das noites de luar. Considerava que essas bênçãos de Deus pertenciam a todos, o que fazia dele um homem rico. Fortuna, explicava a quem tivesse paciência de ouvi-lo, era poder compartilhar o que não diminuía por ser dividido com o maior número possível. Acontecia muito de caminhar pelos campos em busca de plantas medicinais e de ninhos de pássaros, que não profanava. Apenas olhava emocionado. Tinha imenso amor pelos bichos, especialmente os de canto mavioso. Aprendera essa palavra com um professor de português, a quem conduzia pela estrada de chão batido até o asfalto, onde o mestre tomava o ônibus de volta para casa depois de cinco quilômetros de mormaço ou temporal. Quando não tinha cavalo e chovia demais, carregava o professor nas costas para cruzar os riachos. Nas suas andanças, sentia prazer em se deitar no pasto para contemplar as nuvens ou sentir a profundidade do azul do céu, que o impressionava pela fundura. Assim falava. No verão, contava estrelas. Era feliz.

Na infância o seu grande medo eram os fantasmas.

Morreu, de mordida de morcego, em 13 de agosto de 1979.

Comovida, a comunidade deu-lhe um túmulo privado.

36
Convivência

Trabalhava de sol a sol na lavoura. Sonhava com a sombra fresca das mangueiras e dos umbus, que via de longe. O patrão jamais saía de trás dos seus óculos escuros espelhados e do volante de sua 4 x 4 preta sempre com o ar ligado na máxima temperatura mínima. Assim conviveram por muitos anos de silêncio e desinteresse mútuo. Morreram no mesmo o dia: o primeiro, de exaustão; o segundo, de câncer de pele.

37
Antagonismos equilibrados

Vestia-se todo de preto por um luto que não podia ou não queria confessar. Dizia que era por elegância e todos fingiam acreditar por ele ser um homem muito bonito e bem vestido, além de jamais importunar alguém com qualquer indelicadeza. Restava, porém, uma desconfiança no ar ou um ar de mistério no seu rosto afável. Quando falava parecia ter medo de quebrar um fino cristal com suas palavras aveludadas. Certas mulheres se encantavam com sua polidez e tentavam atrair a sua atenção sempre tão fugaz; outras o achavam hesitante ou até indiferente e se protegiam de investidas que raramente ocorriam. Havia morado anos em Berlim, logo depois da queda do muro, e trazia nos olhos como que um resto de frio. Falava sobre a neve com nostalgia e algum temor. Tudo nele parecia funcionar como um "equilíbrio de antagonismos", por exemplo, o seu gosto pela obra-prima do conservador Gilberto Freyre, "Casa Grande & Senzala, e sua tendência política marxista expressa sempre a meia voz. Quando sentia cheiro de café passado, lembrava-se do mesmo aroma na estação de metrô Wittenbergplatz. Diante de árvores desfolhadas, recordava-se do inverno no Tiergarten. Era assim.

Certa noite, quando voltava de uma reunião partidária enfadonha e de um conhaque num bar aconchegante que não conhecia, um morador de rua tentou pedir-lhe uma ajuda. Estava absorto em suas lembranças por ter ouvido uma música de Nina Hagen, da qual nunca mais ouvira falar, que escutava num bar da Hardenbergstraße quando era jovem. Era disso que mais lembrava, de que havia sido jovem na Alemanha e feito bonecos de neve com a mulher da sua vida. Continuou a passos rápidos pela rua deixando o homem que lhe interceptara o caminho para trás. Quando já se havia afastado uma centena de metros, ouviu a voz do pedinte elevar-se no silêncio da noite estalando como um chicote.

– Até parece da maçonaria o bonito!

Riu sozinho até chegar em casa.

Na manhã seguinte, vestiu uma calça jeans e uma camisa branca. No elevador, sentiu que desconfiavam dele. Nunca mais seria igual.

38
Circunstâncias

Foi expulso da fazenda onde trabalhava por ser gay e desbocado. O patrão exigia que todos os seus empregados fossem machos "da cabeça aos pés" e laçadores de primeiro tiro. Desempregado, perambulou pela região, que conhecia como um mapa da sua infância, em busca de um novo abrigo e de tempo para entender o que lhe acontecia. No entanto, a sua orientação sexual – ainda não se falava assim – chegava antes dele em todos os lugares. Não conseguia saber como todos, em recantos tão ermos, podiam saber que ele gostava de homens. Naquele fim de mundo ninguém tinha telefone e os encontros pessoais eram raros e secos.

Vagando por aquele pequeno e, ao mesmo tempo, vasto mundo do latifúndio deparou-se com a camionete do ex-patrão. Era uma Rural verde inconfundível, que sonhava dirigir quando ainda brincava com carrinhos de madeira e bois de osso. Quantas vezes havia, depois, adolescente ou adulto, sido escalado para lavá-la e lustrá-la? Aproximou-se do automóvel estacionado numa canhada e tocou na lateria como se acariciasse um animal, um cavalo, um cão de estimação. De repente, como que saindo de uma fantasia indevida, deu-se conta de que havia algo muito errado. Guiado pela intuição que sempre o protegia seguiu o rastro quase imaginário do homem que o havia expulsado do trabalho chamando-o de "*viado* imprestável". Ao avisar uma tapera, fez-se subitamente cauteloso. Sabia como chegar em qualquer lugar sem ser notado. E assim flagrou o fazendeiro sob a mira de um revólver.

Dois homens acossavam o refém. Não conseguiu entender o que diziam, pois falavam num espanhol cerrado. Entendeu que cobravam alguma dívida do ex-patrão e ameaçavam matá-lo se não aceitasse tomar providências. Não era claro que fosse assim. Certo é que o medo brilhava no rosto daquele velho sempre tão colérico e definitivo. Não pensou no que faria. Era assim que executava os seus melhores tiros de laço. Deixava-se levar pela corda, pela silhueta do bicho, pelo vento.

Nunca errava. Quando um dos estrangeiros se abaixou em busca de algo que nunca soube o que era e o outro deu-lhe as costas, saiu do seu esconderijo e saltou. Era conhecido por suas voadoras certeiras. Acertou o pé direito nas costas do portador do revólver, que lhe escapou da mão e foi chocar-se contra uma pedra. Uma bala ricocheteou numa parede de tijolo sem reboco e perdeu-se na imensidão da pampa. Ato contínuo, desferiu um chute na altura dos rins do segundo homem. E assim se apoderou do revólver e conteve os sequestradores. Parece muito. Era pouco mais do que se permitia fazer sem se violentar.

O patrão reassumiu a sua postura tradicional, impassivelmente reorganizado e altivo. Ordenou que lhe entregasse a arma e com ela ameaçou os seus algozes com palavras num espanhol que, mais uma vez, ele não compreendeu. Os dois saíram correndo pelos campos como se abelhas os perseguissem. O refeito doutor Sabino ainda deu tiros para o ar, que feriram o mais azul dos céus na calada da tarde. Riu, mostrando dentes muito amarelos, e disse ao seu inesperado salvador:

– Para um *viado* até que tens colhões. Some daqui.

Só lhe restou mudar de paisagem. Nunca mais arranjou emprego naqueles campos da sua vida de "sonhação". Guardaria na memória o olhar de medo do patrão e algo de que chegou a duvidar quando viu: a urina escorrendo pelas pernas do estancieiro até formar uma poça.

Mijara-se de alívio ao ter a vida salva.

39
Mortes em sequência

Morreu pela primeira vez quando a mãe o abandonou no banco de uma praça do centro da cidade. Tinha três meses de idade. Era primavera. Saberia um dia que a mãe tinha outros seis filhos para criar e apenas o desespero como alimento. Morreu pela segunda vez quando precisou abandonar a escola para pedir ajuda nos semáforos, que chamavam de sinaleiras. Gostava de estudar e ia bem em matemática quando a poesia não o confundia. Melhor ainda era o seu desempenho em redação. Tirava dez em todos os ditados. Sabia que um dia teria a sua terceira morte e se preparava para ela. Procurava não ter ressentimentos.

Sentia prazer em viver e planejava encontrar os irmãos para que lhe contassem sobre a mãe, levada por uma bala perdida. Não esperava que alguém lhe desse qualquer informação sobre o pai. No seu pequeno mundo impiedoso ganhou o apelido de Tragédia Ambulante. Aprendeu a não reclamar para que não o chamassem de Mimimi.

E assim cresceu e floresceu como uma planta selvagem. Contra tudo e quase todos, encontrou um caminho para se arrancar da miséria que o puxava para baixo: a música. Descobriu que podia arrancar sons inacreditáveis das cordas de um violão. Tocava de ouvido. Podia fazer o violão chorar por horas a fio. Preferia, contudo, os acordes alegres. Dos seis irmãos, encontrou-se com três. O mais velho contou-lhe que o seu pai era marceneiro e que morrera atropelado por um caminhão. Nessa época só o chamavam de Desgraça. Quanto mais se apegava às pequenas alegrias do cotidiano, mais lhe aconteciam grandes percalços. Parecia atrair todos os males do mundo. Então recebeu um apelido curto e seco: Imã. Apesar de tudo isso, sentia-se feliz, ainda mais quando era chamado para tocar numa festa. Por essa época, teve o seu melhor apelido: rei violeiro do subúrbio. Como apelido comprido e miséria pouca não passam de bobagens, ficou sendo apenas Rei.

Quando o mataram, numa tarde de primavera, no dia do seu aniversário, deliciava-se com a sua mais velha nova paixão: a poesia. Dizia a quem aceitasse ouvi-lo que nascera para fazer versos ou para ressuscitá-los. Por isso, antes de tudo, pretendia ler os maiores poetas para tentar não envergonhar os seus espíritos. Ao receber no peito a bala da sua terceira e definitiva morte, aquela que menos sentiria certamente, caiu-lhe "aos pés o livro que sempre se escolhe ao crepúsculo". Na capa suja de sangue o policial que chegou entediado para a ocorrência leu sem espanto nem luz: Confesso que vivi.

40
Vocabulário

Quando lhe perguntavam se tinha um sonho, respondia sem um segundo de hesitação: voar. Na sua vida banal desconhecia a maioria das palavras do dicionário, que chamava de livrão, por ter visto um na mesa do delegado. Não sabia, portanto, o que era metáfora. Não lhe fazia falta. Falava 322 palavras e isso lhe bastava para sonhar. Ao menos seis dos termos que mais usava não estavam dicionarizados, ou não com os significados que ela lhes atribuía: inflamação *da pênis*, *pesco*, *pregunta*, figo, *linterna* e ursa no intestino. Aos que se espantavam com o seu desejo de voar, explicava: queria sentir o ar de Deus no corpo. Tinha 23 anos quando foi estuprada por três homens.

Matou os três enquanto dormiam. Usou uma faca de sangrar porco. Ninguém furava um leitão como ela. Foi presa em flagrante. Disseram-lhe que cometera um pecado pelo qual pagaria com a prisão perpétua dos homens e a eternidade no inferno. Não acreditou. Disse que pecadores eram aqueles homens que a haviam sujado com suas "coisas nojentas". Responderam-lhe que não podia ter feito justiça com as próprias mãos. Ficou acorrentada num poste à espera da viatura policial. A noite caiu serena. Trocou a sua fuga por uma "fornicada de bicho" com o homem que devia vigiá-la. Saiu dali em linha reta até o morro que dominava o lugar. Voou lá de cima ao amanhecer. Soprava uma brisa divina.

41
Biografia

Viveu contente seus 60 anos. Não sabia o que era a felicidade.

42
Endereços

Queria morar num apartamento com vista para o mar. A vida, contudo, só lhe entregava desencontros: quando tinha o mar, estava longe do apartamento. Depois de muitas idas e vindas, mudou-se para baixo de uma ponte na avenida que costeava o oceano. Dali, meses depois, foi despejado. Só permitiam que fosse livre no subúrbio.

Só lhe restava ser nômade.

Volta e meia, precisava recusar ofertas de abrigo.

– Por que o senhor não quer ter um endereço fixo para chamar de seu?

A pergunta da jovem, quase uma menina, com seu olhar cristalino, ficou flutuando no seu cérebro até que tomou coragem de responder:

– Se for aqui nesta rua eu aceito.

– Ah! O senhor não quer nada! – exclamou, incontida, a garota.

– Só quero ter o mar comigo.

– O mar?

Havia espanto e ingenuidade na pergunta da mulher. Ele respirou fundo, inalando a maresia, e com muita bondade buscou ser definitivo.

– O mar é meu amigo. Meu único amigo.

Nunca mais foi incomodado.

43
Desertos

Na primeira vez que fez a travessia do deserto era jovem e acreditava na metáfora da semeadura. Plantava para colher no momento devido. Por mais que tenha sofrido nos longos anos de aridez e esperança, tinha a convicção de que a chuva era uma questão de tempo. Chegava a carregar um guarda-chuva. Nessa época, todas as suas imagens eram líquidas ou vegetais. Não se constrangia em se apresentar como uma planta capaz de resistir à seca por meses ou anos. Para quem o alertava para o já longo tempo sem chover na sua vida, retorquia mansamente: "Depois será preciso saber quem irá fazer a chuva parar".

Por vezes se via como um rio cujo leito se estreitava cada vez mais pela falta de chuva na sua cabeceira. Se não chorava, como fazia questão de salientar para uma plateia invisível – pois todos já o haviam abandonado – era para economizar a água das lágrimas. Se não corria, imóvel no seu ponto de observação dos céus sempre tristemente azuis, era para não gastar suor. Aos poucos, exibia-se como uma casca ressecada. Então, quando talvez já não esperasse, embora, por teimosia ou hábito, dissesse o contrário, choveu por quatorze anos na sua vida. Era tanta água que não sabia mais como utilizá-la na sua plantação. A chuva, porém, não causava estragos, embora o deixasse, certos dias, melancólico, parecendo ter saudades dos seus tempos de deserto.

Quando já não pensava em sacrifícios, agradecendo aos céus por tanta benção, ainda que, às vezes, sentisse falta das provações, securas e expectativas, parou novamente de chover. Velho e frágil, quase taciturno, viu-se em sua segunda travessia do deserto. Se na primeira esperava ver terras verdejantes a qualquer momento, na segunda, alquebrado, só contava com o fim como salvação. Foi aí que uma voz lhe disse com brandura: "Aproveita o tempo que te resta. O segredo agora é não desejar um aguaceiro, mas se deliciar com a garoa, com a neblina, com o sereno, com uma maravilhosa gota de orvalho".

Em vão procurou essa voz no seu entorno. Chegou a pensar que enlouquecia. Não queria ser o velho ressequido que ouvia vozes.

Foi aí, nesse preciso momento, numa tarde abril, às 15h32, que ele soube de onde vinha aquela voz tão serena e reconfortante.

Vinha do seu coração.

44
Por um tango

Não podia mais esperar. Sentia sono. Beliscava-se para não dormir. Iria com o avô, na garupa da égua zaina, a Caramela, ouvir "chorar um bandoneon" nas mãos de um *hermano*. Não sabia como era o instrumento. Sabia, contudo, por ouvir numa rádio de Buenos Aires, em ondas curtas, enquanto coçava as costas do avô, como a sua música podia ser triste. Andariam sempre para o sul. Fariam duas léguas banhados pela lua cheia de um sábado de maio de 1971. Precisavam voltar antes de a lua se esconder ou não teriam como se guiar na escuridão. Finalmente chegou a hora de partir. A avó recomendou que não se atrasassem para voltar e lamentou-se por ter de ficar sozinha naquele fundo de campo. Ao longo do caminho as matas desenhavam formas estranhas em sombras que pareciam mostrar dentes e almas feridas.

Passaram duas cancelas, que felizmente podiam ser abertas sem desmontar, um arroio e o pontilhão do trem, que pareceu mais férreo e melancólico do que nunca. A lua era uma bola gigantesca com algumas nesgas sombreadas. O avô assobiava uma música que se confundia com algum sopro de vento. Não disse uma palavra enquanto seguiam. Assim cavalo e cavaleiros fundiam-se com a noite numa paisagem pálida. Quando já sentia o sono voltar ouviu o primeiro lamento do bandeneon. Não se conteve. Exclamou: "Olha, vô". O ancião fez "psiuuu". Encolheu-se contra as costas do velho sentindo vergonha da sua alegria. Chegaram. Era uma casa branca muito baixa, dessas casas típicas da fronteira, com alguns cinamomos na frente. Quatro cavalos desencilhados estavam amarrados numa cerca de arame liso.

Anos depois, tentando reconstruir aquela noite decisiva em sua vida e na do avô, confessaria ter esquecido quase tudo, salvo os rostos taciturnos dos homens enfileirados junto a um balcão onde descansavam copos de vinho e de cachaça. O bandeneon dançava nas mãos do argentino. Os olhos dos ouvintes não se mexiam. Estava mais claro no lado de fora. Instalou-se com o avô num banco baixo coberto por um couro. A cada música o velho se mostrava mais enlevado. Assim a noite ia passando. Vez ou outra o menino espiava a lua, que já despencava ladeira abaixo no céu. Foi quando o músico parou de tocar e disse:

– Se acabó.

Um dos homens taciturnos saiu repentinamente do seu mutismo, puxou um revólver de cabo branco e com voz rascante ordenou:

– Toque Gardel.

O argentino tentou explicar que estava cansado.

– Toque Gardel e viverá – disse o homem do revólver.

O bandeonon voltou a chorar, mas já não dançava como antes. Seis vezes o músico tentou parar, seis vezes foi advertido pelo outro.

– Toque Gardel e viverá.

Então o choro do bandeonon foi diminuindo até se calar. Músico e instrumento dobraram-se lentamente até tocar o chão. O homem de revólver revirou o desmaiado com o pé direito. Depois, cuspiu:

– La gran puta – berrou.

O avô acordou o neto. Em seguida, caminhou até o músico e o ajudou a erguer-se. Com mais cuidado ainda, recolheu o instrumento. O homem do revólver levou a mão à cintura. Um galo cantou adiantado.

Saíram apressados com a lua declinando numa curva do céu. O velho estimulava a égua com um "vamo, vamo" intercalado por algum suspiro e olhares contorcidos para o alto. Quando venceram a última porteira a lua já se apagava. A noite escura rondava com seus ruídos e perfumes. Uma luz brilhou ao longe na estradinha que servia de atalho para o chamado caminho grande. O menino então não se conteve:

– É boitatá, vô?

– Fogo *fato*, guri.

A égua troteava forte. Enfim, chegaram. A lua desapareceu.

O velho tossiu duas vezes para acalmar os cachorros.

Entrou na casa e chamou:

– Helena, chagamos.

A mulher não estava lá. Nunca mais voltou.

45
Por música

Jurou que se ela vivesse, pela graça de Deus, tocaria todos os dias da sua vida, ao cair da noite, uma música que compusera em homenagem ao poder do criador. Assim foi. Por cinquenta e quatro anos, mesmo quando adoecia, tocou a sua canção, que não tinha palavras. Viu os seus dedos envelhecerem, sua pele enrugar-se, suas unhas quebrarem-se, seu corpo vergar-se. Às vezes, tocar lhe doía. Ela pedia que parasse, que já bastava, que Deus não lhe cobraria se desistisse. Cansado, tocava cada vez mais cedo por medo de dormir antes de pagar a promessa de cada dia. No inverno, para não tocar com as mãos geladas, sentava-se ao pé do fogo. Terminava com o rosto afogueado. A melancolia queimava dentro dele. A melodia ficava cada vez mais triste e inaudível. Já não era sequer um lamento ou uma prece. Era um choro.

Essa foi a sua última composição. Teve muitos violões, mas uma só música. Quando seus dedos deixaram de obedecer-lhe, pediu clemência a Deus e, enfim, não tocou. Era sexta-feira. Houvera muito sol. Fazia frio. Sentiu um enorme oco na alma. O sábado foi longo como uma vida cheia de medo. No domingo, ela morreu. Voltou a tocar, apesar do sofrimento sempre maior, como um pedido de desculpas ao Senhor, que não lhe dava sinais de clemência. Diante desse silêncio infinito, tomou uma decisão: vendeu a casa e os móveis. Ficou só com o carro, um velho Opala azul. Colocou o violão no banco de trás como se fosse um passageiro. Entregou a Deus o seu itinerário. Saiu pelo mundo.

Na última vez que foi visto, a mais de dois mil quilômetros da sua terra, magro e de cabelos completamente brancos, com certo ar de beatitude, tocava a sua música numa estação de metrô por onde muita gente passava. Recebia moedas como recompensa e até alguns instantes de atenção. Agradecia a Deus por ter-lhe dado um público.

Encontraram o seu carro no estacionamento de um aeroporto.

O violão descansava, dentro do seu estojo, no banco de trás.

Uma menina gravara uma das suas apresentações.

46
Camelo

Carregarei nossos esquecimentos como um fardo que não descansa. Atravessarei o deserto sozinho. Afinal, desconheço a multidão. Era o que pensava Antônia Maria enquanto abria caminho na rua tomada de gente ao final das tardes da metrópole. Carregava no peito a tranquilidade do sertão. Era o seu espaço inviolável e seguro.

47
Hipermodernidade

Nunca mais irei a São Paulo, tenho de pegar água na cacimba. Não morrerei em Paris, preciso jungir os bois e encerrar os bezerros. Os animais, porém, já não existem. Só a água da cacimba ainda vive. Vicente Lins nunca viajava. Do exterior, só tinha a visão de dentro. Era o que lhe bastava para se sentir alado. Voava enquanto carpia.

48
Tieta do Bom Fim

Quem não conhece a Tieta, grande figura do Bom Fim, generosa, altiva, prestativa, a todos que precisam de ajuda, sempre, com alegria, diz sim. Lá vai ela, torre de marfim. Essa é sua força.

49
Onda

O cristal que amadurece lentamente dorme no jirau de palhas noturnas, até se tornar diamante eterno, mulher, noite, vale, intimidade, como um navio na suave tempestade. Marcela vendia o corpo e comprava a alma. Acreditava que assim se salvaria do inferno.

50
Útero

Se o navio carrega roupas de uma casa, o barco balança como um berço de aves, caverna, taça, lua, rios caudalosos e castanhos, refúgio e fenda, onde dormem homens durante a viagem. João Aramiz se fizera marinheiro para fugir da terra triste que lhe dava enjoo.

51
Cavalos marinhos

Útero fluvial, caverna marinha, vastas cabeleiras ondulantes, trigais e cafés, conchas onde transitam perfumes, alquimia das grávidas estações, tão ausentes nas manhãs castanhas. Luísa Paludo Silveira catava mariscos e sonhava com estrelas e mãos no seu corpo.

52
Emergências

A taça e a espada em cruz, estrelas cintilantes de passado, mãos que se esquecem afagadas, como um símbolo da finitude, fogo que chama para a labareda, paz que queima de saudade. Assim Irma rezava sozinha.

53
Apagamentos

Doze noites ocres de veludo, todas feitas de perplexidade, o vento calara também a chuva, essa morte de lábios suaves que se insinua por trás das roupas. Restava a Carlito Soares, o Vinte Um, ganhar escrevendo cartas alheias o que perdia jogando baralho.

54
Projeções

O sonho do poeta, esse vinho, é penetrar o segredo do ouro, entrar no íntimo da eternidade, mel no oco sagrado da árvore. Com as mãos sangrando, Luís Matias Morgado racha a madeira em busca do líquido dourado que lhe garantirá o leite das crianças por um dia.

55
Confissões

Dizia o sábio em sua prosa mística lida ao pé do monte solitário e ocre: "O vinho é símbolo da vida secreta", mas também da "juventude triunfante", oceano espumante, belo e vagabundo, Deus negro num cavalo bravo de fogo, como alguém que diz ao meio-dia: "eu te amo".

56
Bendição

Bebi tantas vezes no cálice feminino, à sombra trêmula e fria dos girassóis, esse ouro vegetal da nova alquimia, enquanto o céu ardia na descida do sol. Tudo era púrpura nessa outra vida solar.

57
Percurso

O corpo pode ir aos confins do espírito, onde a flor se encontra com o martírio e o sol se abre ao universo. É ali que se sonha com a paz dos campos, rosa vermelha de sangue e desejos antigos.

58
Gilbert

O jovem Durand vivia de constelações, com esse nome circular como o tempo e as rodas da vida. Para ele a "lua é mãe do plural" ("La lune est mère du pluriel"), garganta profunda devorando sexos.

59
Silêncio

Sabia que contar era o seu tesouro. Por isso se calava. Quando, enfim, abria as suas arcas era para encantar os que nada possuíam.

60
Iluminações

Era visto como um ponto no obscuro na imensidão da planície. Ele se via com luz própria, pirilampo em meio ao brilho das estrelas.

61
Trapaça

Era todos e nenhum, farol para os que precisavam de uma vela, tesouro para que os sentiam fome, plural para quem buscava alguém diferente, corpo ou espírito para os desencarnados, palavra e ação, silêncio e grito de alerta, único na sua estranha caminhada. Assim se fazia presente por toda parte. Diziam que conversava com os mortos, recebia ordens do além, negociava com o demônio, tinha o corpo fechado, a alma blindada, a vida ganha e perdida. Como nada pedia e tudo dava, sem jamais se explicar, era visto como uma ameaça. Nunca se soube de onde partira a ordem para matá-lo. Muitos eram os seus inimigos, embora ele jamais tivesse brigado com quem quer que seja. Tentaram alvejá-lo de longe, esfaqueá-lo, envenená-lo. De tudo escapava por um triz. Essa sobrevivência improvável enfurecia os que desejavam vê-lo enterrado. Só a traição poderia tirá-lo de jogo.

Ele se matou numa manhã de outubro.

Para uns, práticos, foi um alívio.

Para outros, uma trapaça.

62
Tatuagens

Trazia marcas pelo corpo todo: estrelas, luas, espadas, um escorpião. Dele se dizia que amava as cartas, os céus luminosos e as mulheres. Pouco se sabia do seu passado e muito se temia pelo seu futuro, ao que ele ponderava: "Nada pior do que a morte pode me acontecer". Pois aconteceu. Foi torturado por dias e noites, acusado de ser tupamaro. Pedia para morrer e diziam-lhe que sua vida não seria tão fácil assim. Exigiam que desse os nomes dos seus companheiros. Exigiam que desse com a língua nos dentes. Não cedeu. Arrancaram-lhe a língua. Morreu, diziam, como um animal. Vive como herói na memória do povo. Jovens tatuam pelo corpo todo estrelas, luas, espadas e um escorpião em sua homenagem. Ninguém lembra dos generais que o mataram.

63
Rosas

Viveu para o duro trabalho da lavoura, que considerava, com suas poucas palavras, uma forma de modelar a terra. Curiosamente o seu único lazer era o cultivo de um jardim. Plantava rosas. Brincava de imaginar que não vivia ali. Contava, embora fossem raros os ouvintes no seu ermo, que o perfume das rosas o fazia viajar para o Marrocos, que não sabia localizar no mapa, pois, a bem da verdade, desconhecia os mapas. Quando o assassinaram, numa manhã ensolarada da primavera, para roubarem o que não possuía, fez um único e desesperado pedido:

– Me enterrem aqui mesmo. Ninguém vai ficar sabendo.

As pétalas das rosas caíram aos poucos sobre a sua cova. Exalavam um perfume típico das montanhas do sul do Marrocos.

64
No lugar do outro

Eu sabia que o dia seguinte seria um dos piores da sua vida. Sabia e não podia contar. Olhava para ele, que se mostrava como sempre – gentil, sorridente, afável –, e sofria. Sabia, porém, que o meu sofrimento seria irrisório diante da dor que ele sentiria. Olhava para os seus cabelos brancos e me entristecia. Estava diante de mim uma pessoa que havia dado grande parte da sua vida, com amor e dedicação, ao que lhe seria tirado. Eu sabia disso e nada podia fazer. O destino dele estava selado e minha intervenção não tinha poder de salvá-lo. A minha dor for imensa quando ele se despediu com a sua frase habitual:

– Se precisar de mim, sabe onde me encontrar.

65
Comparações

Aí, como quem acorda de uma sesta inesperada, apertando seus olhos claros, ele me disse num sussurro cheio de ironia e desamparo:

– O comunismo é um regime terrível que suprime liberdades fundamentais. O capitalismo é um sistema esplêndido que garante as liberdades e suprime, de repente, apenas os meios de subsistência de alguém, deixando livre para o que quiser, mas sem o pão de cada dia.

Voltou a cochilar.

66
Sem manual

Foi nessa época que eu compreendi o principal, que era o mais simples imaginável, mas que eu sempre havia ignorado por achar que sabia tudo: a vida não tem manual de utilização nem garantia. Se tivesse, de nada me serviria. Nunca entendo os manuais. Os meus estragos sempre acontecem quando a garantia já expirou. Avante, pois!

67
Despedida

Quando ele foi demitido, numa sexta-feira pálida de agosto, depois de quarenta anos de casa, olhou para nós, que ficávamos, e sem qualquer ressentimento disse com imensa tristeza e ternura:

– Aqui eu fui muito feliz.

Sabíamos que nunca mais seriamos felizes como ele.

68
Encontro marcado

"Sei que não te encontrarei na esquina, em qualquer esquina, numa dessas esquinas da vida", foi o que ele disse antes de colocar o chapéu Panamá na cabeça e sair para a rua sem destino, pois o seu destino já estava selado, andar a esmo em busca do que havia perdido por nunca se ter encontrado na vida. Não falava com amargura nem se queixava de sorte, pois, ao longo dos anos, aprendera a não amaldiçoar, a não se maldizer e a não cobrar da vida o que só podia ser da sua conta, além de tudo, havia ganho muitas vezes em loterias, quantias pequenas, mas que significavam muito, indicavam que era abençoado pela sorte, ainda que uma sorte sem grandes arroubos nem consequências efetivas sobre a sua existência linear e pacata.

Ao dobrar a esquina de casa, onde menos esperava que algo pudesse lhe acontecer, teve um pressentimento, a certeza profunda e imediata de que não sairia incólume daquela travessia em câmera lenta. Viu a multidão atravessar a avenida, transbordando a faixa de segurança, como se um derramamento de gente vazasse do quadro de proteção e salpicasse o asfalto escuro, encostando nos veículos feito uma lava humana. Viu os carros parados com o sol faiscando nas latarias coloridas. Viu alguns rostos inexpressivos, voltados para baixo, contemplando telas de telefones celulares. Viu, do outro lado, perdendo-se entre sombras e reflexos, como se fugisse do outro lado do rio, entre os jacarandás e os ipês, uma mulher que poderia ser ela, assim de costas, os longos cabelos despencando num desfiladeiro, mas não teve certeza, não teve tempo de chegar a uma conclusão. Emitiu apenas um gemido, um som rouco que certamente ninguém escutou e caiu na calçada suja e quente. Havia sido alcançado por uma bala perdida.

Era bombeiro e recebera uma condecoração por heroísmo.

69
A morte do poeta

Quando o poeta morreu, depois de ter sido encontrado vagando pelas ruas de pés descalços, ele foi ao teatro e ouviu falar de imortalidade. Fazia frio, ventava muito, havia chovido à tarde, a cidade crepitava de fotos fátuos e luzes oscilantes. O poeta havia falado da morte, da solidão e do azul. Essa cor parecia remeter à felicidade, mas podia ser também que representasse o infinito, o outro nome da finitude humana, essa terra de passagem ou essa passagem antes da terra. Então ele viu a peça, riu na hora de rir, aplaudiu, visto que o espetáculo era bonito e bem interpretado, e continuou pensando no destino do poeta, que se apaixonara pela poesia e decidira viver para ela, quando, na verdade, precisaria viver dela. Na rua, depois de duas horas de arte e transfiguração, alguém o abraçou inesperadamente.

– Tudo bem?

Ele ouviu aquela voz amiga vinda de tão longe e não se conteve. Deixou escapar a pergunta mais medíocre e dolorosa que poderia emitir:

– Então a vida é só isso?

Mais tarde, com uma certeza que sempre antes havia recusado, disse com uma resignação que se apresentava como sabedoria:

– Se ainda vivesse ele só teria sofrimento pela frente.

Foi aí que pensou longamente na vida boêmia do poeta, nas suas loucuras, nas suas verdades, nas suas ilusões e na sua convicção de artista que o fazia seguir em frente, altivo mesmo quando tudo lhe faltava, sem fazer concessões e crendo no poema que viria, o próximo, o melhor, o que mudaria a sua vida, o que se somaria a uma obra.

Na madrugada, no banheiro, ouviu-se falando sozinho:

– Então é só isso a vida?

O poeta foi cremado.

As suas cinzas foram dispersadas no azul.

70
Pregação

Então ele se fez verbo e saiu pelo mundo a pregar. Era palavra, carne, verdade encarnada, pássaro, luz, montanha, formiga, carneiro e chuva mansa. Assim se via e dizia. Voava livremente para salvar as almas que se perdiam por falta de quem as devolvesse ao caminho. No princípio, não sabia o que dizer. Mas dizia. Não sabia de onde vinham as frases que ofertava aos necessitados. Rapidamente aprendera que a palavra cura as feridas mais profundas, aquelas provocadas pelo desamor. Com o tempo, descobriria que ele mesmo era palavra. Já não falava, entregava-se; não orava, dava-se; não pedia, implorava. Assim, doou parte das suas imensas terras. Um pastor perguntou-lhe:

– Quem és?

– Sou Deus. Não ouves quem fala pela minha boca?

Nesse mesmo dia os filhos conseguiram que fosse interditado. Viveu até os cem anos, num hospício, onde pregava para os insetos.

– Vinde a mim os pequeninos, não deixarei que sejam esmagados.

Foi enterrado numa vala comum.

71
Retorno

Quando ele voltou para casa, num dia de primavera, havia flores no portão. Era tudo o que desejava, embora não imaginasse algo dessa natureza, depois de tanto tempo andando por terras alheias em busca de solidão. Sempre havia vivido para os outros até que lhe brotara a irreprimível necessidade de estar só, mesmo que junto a desconhecidos. Lera em algum lugar, quando ler lhe parecia libertador, que a solidão amadurece e faz o coração se acalmar. Sentia-se verde no aconchego de tantos amores. Precisava conhecer o desemparo. Foi assim que se fez nômade, andarilho, sem nome, silencioso ou contador de histórias. Em cada lugar, apresentava-se com um novo nome, não para esconder alguma coisa errada, uma identidade, um passado inconfessável, nada disso. Apenas pelo desejo de ser outro diante de si mesmo. Ao abrir a porta, experimentou uma energia jamais sentida antes. Avançou um passo. Estavam todos mortos. Desde então só conhece a saudade como companhia.

72
Luz glauca

Conta-se que ele traíra sem saber que traia. Na verdade, teria caído numa armadilha: a traição oferecida numa bandeja. Se não gostava dessa expressão, como não gostava das repetições e dos lugares comuns, não via outra maneira de expiar a culpa que sentia, a dor que carregava na sua longa travessia do deserto, pois assim se referia aos dias de solidão passados sob a luz glauca da claraboia. Se preferia os vitrais e esculturas, adaptava-se a sombras e reflexos, tendo a chuva como a mais severa interrupção dos seus pensamentos. Dado que o condenavam por traição, sentia-se obrigado a corresponder. Quando não estava bêbado de imagens e de lembranças, tentava reconstituir o que lhe acontecera, detalhe por detalhe, perdendo-se em meio à trajetória. Por vezes, tomado por uma ânsia de sofrer com alguma reminiscência viscosa caída do tempo como um cão que tomba de um caminhão de mudança, visto que ele era do tempo dos caminhões, das mudanças e dos vira-latas transportados em meio a colchões e trouxas de roupas.

Diz-se que não era triste, nem sequer triste, embora sonegasse sorrisos como outros sonegam impostos, que, de resto, já não devia, esgotado nas suas possibilidades de ganho e encurralado no seu mundo singular, no qual as mesmas músicas tocavam nos mesmos horários para despertar os mesmos sentimentos, a mesma raiva, a mesma vontade de vingança e a mesma certeza de que o destino estava selado, o jogo, mais do que tudo, jogado e os dados lançados. Nada do que pensava podia lhe abrir caminho: o nevoeiro era denso feito a floresta escura que podia fitar pela fresta da janela aberta para colher emanações da vida, essas últimas âncoras no seu naufrágio. E assim se passaram os anos sem que ele reclamasse qualquer direito sobre a sua biografia.

Aos poucos, os poucos que tentavam penetrar na sua solidão para descobrir o que o afastava de todos foram se reduzindo aos mais persistentes e convencidos de que ele escondia um grande segredo. Não sabiam que a sua dor era perceber que desconhecia completamente a razão de sua deriva – gostava desse termo vago e deslocado – e, talvez, da sua perdição. No dia antes da sua partida, quando ninguém mais esperava que tomasse qualquer atitude, ele disse, com ênfase inesperada, a frase que seria usada, anos mais tarde, em sua lápide:

– A traição pode estar a um passo da liberdade.

73
Ingratidão

Magra, alta, cabelos curtos muitos pretos, ela só usava calças compridas. Fumava palheiros e, quando possível, cigarros com piteira. Era chamada de "machorra". As velhas faziam discursos contra ela e exigiam que o padre a expulsasse do vilarejo. Quando ela passava, grasnavam insultos e se benziam. As mães proibiam as filhas adolescentes de andarem com ela. Os homens riam dela e a convidavam para o que consideravam atividades exclusivamente masculinas, como jogar truco, osso e bilhar. Ela recusava por medo daqueles brutos. A solidão era a sua companheira mais frequente. Francisca, jovem viúva que lhe dava guarida, ficou "mal falada". Assim passavam os dias, tão melancólicos quanto ela, tristes, às vezes, silenciosos, quase sempre.

Num lugar em que nada acontecia, o pior ocorreu por obra do acaso. Um incêndio na igreja. Duas velhas paralíticas ficaram trancadas, por linhas de fogo, muito próximas do altar. As outras diriam, anos mais tarde, que não tiveram forças para carregá-las. Eram levadas para lá por seus netos ou filhos, que já estavam nas suas labutas rotineiras. O fogo avançava e as outras velhas grasnavam do lado de fora. Então ela chegou. Uma das velhas mais ferozes gritou:

– Culpa tua. Deus nos amaldiçoa.

As outras subitamente tornaram-se amáveis.

– Por favor, entra lá.

Ela entrou. Arrancou a primeira velha das chamas como se carregasse um monte de ossos pontudos. A mulher ficou colada ao seu pescoço com seus braços queimados e seu olhar mortiço. Pedia perdão a Deus com voz rouquenha, como se falar lhe roubasse a vida. A segunda velha gritava por socorro com forças jamais pressentidas.

– Por que me abandonaste?

Não era a Deus que se dirigia. Então ela chegou e resgatou a anciã que lhe devotava o ódio mais persistente e ruidoso. Na semana seguinte, quando passava diante das ruínas da igreja, onde as velhas se reuniam para rezar e apoiar seus homens na reconstrução da casinha de Deus, exibiu o seu melhor sorriso. As velhas grasnaram em coro:

– Culpa dela. Deus nos puniu pelos seus pecados.

– Mas, mãe... – balbuciou um dos homens.

– Vai defender essa desavergonhada?

– Não é isso...

Foi banida do povoado.

74
Proscrito

Por muito tempo, esteve na casa de todos diariamente. Até que caiu em desgraça. Começou a sua longa travessia do deserto. Era visto, mas não reconhecido. Falava, não era ouvido. Parecia invisível. Então se despiu da sua identidade. Mudou de atividade e de sonhos. Ganhou nova vida. Às vezes, ainda se lembra de quem fora. Quando alguém o reconhece ou lhe pergunta por seu passado, aponta para o futuro.

No anonimato, ganhou um novo nome.

75
Dia de matar

Todas as manhãs, quando pisava no seu grande pátio descarnado, olhava para o alto em busca do céu e da mensagem que aguardava:

– Dia de matar aquele homem.

Jurava para si, a ninguém ousava contar o seu segredo, que era uma questão de tempo. Veria a ordem escrita nas nuvens. Mataria sem a menor cerimônia. Não podia, contudo, agir sem receber a ordem tão desejada. Fazia quinze anos que esperava. Marcava os dias, um a um, no chão desguarnecido. A inscrição costumava durar de um dia para o outro, salvo quando chovia. Aí era salvo por sua memória implacável. Não esquecia da madrugada em que tudo acontecera e na qual se havia comprometido a reparar com sangue o dano criado por seu algoz. Lembrava de cada detalhe, de cada nuança de palavra, do cheiro de jasmim, das nuvens cheias de falsas volutas, do arbusto que se torcia como uma chama soprada pelo vento e da música que se perdia em violinos, estremecimentos, sons do amanhecer à espera do sol.

Diante de mais um dia sem receber a mensagem, caminhava por calçadas quebradas até o galpão onde trabalhava havia trinta anos. O patrão já estava a postos, alto, magro, macacão azul, cabelos cinzas. Do poleiro que fazia de escritório, recomendava automaticamente.

– Faça direito o seu trabalho, não vá me errar como naquela vez.

Por fim, a ordem lhe apareceu escrita num cumulus.

76
Matar, morrer

No dia em que matou um homem, morreu por dentro. Uma morte que sentiria até o último dia da sua vida, que seria longa, muito longa para esquecer, mais longa ainda para viver com duas mortes na alma, a sua e a do homem assassinado. Havia muito sol, crianças corriam no pátio da escola, gritos de alegria infantil ecoavam, só ele estava sombrio. Viu uma chama no cano da arma, como se subitamente um relâmpago tivesse recortado o azul mais intenso do céu. Então o seu olhar escureceu. Sabia que cumpria o que dele se esperava e não pedia perdão ou clemência. Não se imaginava corroído por remorsos. Mesmo assim, não se conformava em ter sido obrigado a apagar uma vida. Logo, ele, o semeador, o selecionador das melhores sementes, o conhecedor do bom tempo para fazer do solo germinar a planta que um dia floresceria. Por falta de palavra mais justa, usava o termo destino para explicar o que lhe fora reservado. Matara para reparar um crime que a mãe nunca esquecera nem esqueceria. Ela dizia de repente: "No me es posible olvidar". Quando fez cem anos, ele desabafou com sua voz muito débil:

– Sou o filho de um estuprador.

77
Tropeada

Os cavalos seguiam a passo rente à linha divisória. Pai e filho olhavam calados os campos, que se perdiam na imensidão verde da campanha. Parecia não haver fim para tanta terra e tanto silêncio. Que paz naqueles campos! O horizonte era só uma miragem. Então o pai, velho tropeiro de poucas palavras e muita fé, rompeu o silêncio:

– Esses campos assim o Jango, quando era presidente, pretendia desapropriar. Que Deus o tenha na sua imensa misericórdia.

O silêncio voltou a imperar até que os quero-queros se alarmaram. Como se despertasse da sua reflexão, o pai completou:

– Ia fazer a reforma agrária. Dar aos pobres, essa peonada sem terra.

De um lado, o Brasil se perdia em latifúndio. Do outro, o Uruguai. No meio de tudo, de quando em quando, um marco branco descascado pelo tempo. Os cavalos romperam num trote inesperado. O guri se ajeitou sobre o pelego vermelho e também saiu do mutismo que a beleza daquelas lonjuras lhe impunha como um pagamento sem preço.

– Então esse Jango era um baita presidente, pai.

O silêncio ficou mais espesso por um tempo que parecia ter a enormidade daqueles pastos. Só se ouvia, vez ou outra, o resfolegar dos cavalos, um alazão cosquilhoso e um tordilho manso como a tarde. Então o pai, com um sorriso que raramente lhe iluminava o rosto devastado pelas rugas e pelo cansaço de ser quem era, disse:

– Eta, guri, vai *sê* comunista!

78
Uma mulher

Ela se chamava Virgília. Todos, porém, só a tratavam por Virgilina. Morava numa velha casa de madeira descascada. Raramente abria uma das suas três janelas. Não tinha rádio nem obviamente televisão. Mesmo assim, mantinha-se trancada no seu recanto, que só se podia imaginar como sombrio. Na verdade, era sempre Dona Virgilina. Não era o respeito nem algum casamento que lhe dava o direito a essa forma de tratamento. Talvez fosse a idade ou o lenço que não deixava ver os seus cabelos, embora a tornasse mais velha do que talvez fosse.

Contava-se, pois muito se contava naquele lugar, especialmente quando poucas eram as informações sobre uma pessoa ou forte era o vento que soprava do Norte, que na juventude vivera um grande amor com um negro, um belo e corajoso preto, a quem o pai dela matara num jogo de cartas alegando que o outro estava trapaceando com ajuda de um ruivo, que conseguiu escapar com vida, mas morreu atropelado por um caminhão quando se preparava para entrar num ônibus rumo a Buenos Aires. Numa tarde de outono, quando todas as folhas dos plátanos já estavam douradas e forravam o chão do seu pátio sem capina, ela esqueceu a porta dos fundos entreaberta. Por ela se infiltrou, sorrateiro como gostava de ser e como o acusariam de se manter, um menino de longos cabelos cacheados, apelidado de Cabelo de Menina.

Ele a flagrou na posição em que ela passava os seus dias. Sentada numa desconjuntada cadeira de balanço, olhava para a janela fechada do seu estreito quarto, onde, espremidos contra parede, havia um catre e um cesto de vime. Ao vê-lo, não demonstrou surpresa nem raiva. Tampouco o mandou embora. Observaram-se por alguns minutos como se fossem dois seres de espécies diferentes. O olhar dele cravava-se na janela numa pergunta muda sobre o que a impedia de abri-la.

– Um dia – disse ela repentinamente, com uma voz límpida como uma manhã de dezembro – ele vai empurrar essa janela e entrar como antes.

Cabelo de Menina experimentou uma sensação estranha. Saiu pé ante pé como se não quisesse acordar alguém. Fechou a porta e nunca mais voltou. Quando lhe perguntavam o que vira lá dentro, respondia:

– Uma mulher.

79
Libertação

Então ele saiu atirando com sua velha arma de dois canos. A tarde caía sobre a mata com tonalidades avermelhadas num céu que durante boa parte do dia exibira um azul tão vivo que parecia abrir um buraco afunilado numa espessa camada de turquesa. Ele ainda era o mesmo daquela época em que se exibia com sua barba branca e seus cabelos revoltos. Era o mesmo ainda que já fosse outro e do seu passado só guardasse rancor e uma tristeza infinita, essa tristeza que só conhecem aqueles que foram além do permitido. Saiu atirando como se soubesse que nada mais lhe restava, a não ser fechar as contas com seus piores inimigos. Por quanto tempo se sentira humilhado e impotente? Não saberia dizer. De resto, preferia o silêncio às explicações verbosas e os olhares firmes aos pedidos de clemência.

Quando se viu sem munição, bem no meio da grande clareira, com o vento soprando tão levemente que podia lembrar uma carícia, sentiu que estava cercado. Em torno dele, a "quietude era quase um sonho".

Largou a arma no chão, tirou a roupa e sumiu na mata.

80
Vingança

Jurou que voltaria para se vingar. Nem as décadas passadas permitiram que esquecesse o seu juramento. Já não sabia se precisava vingar o que havia sofrido ou se a palavra juramento exercia sobre ele um poder tão grande, quase um misterioso fascínio, que o obrigava a forçar a memória para lembrar o que deveria expiar. Se os anos corriam rápidos e se as mãos já tremiam um pouco, sentia que precisava se apressar. Era evidente que não podia morrer sem fazer o que desde a adolescência lhe cabia cumprir. Era chegada a hora de partir. Colocou em dia as suas contas, não havia muito o que deixar para herdeiros colaterais, salvo seus escritos pelos quais ninguém se havia interessado. Assim, retornou ao ponto de partida. Cumpriu com um único tiro o que havia prometido. Em seguida, entregou-se a polícia.

Saiu uma nota no jornal local: "Crime sem motivo aparente".

Jamais confessou o que o levara a matar.

81
Toca boi, berra boi

No dia em que Sidnei se matou amanheceu chovendo. Ele saiu de casa muito cedo e fez a volta do vilarejo cumprimentando as pessoas que via. Era um homem ainda jovem e sempre gentil. Pelas nove horas, abriu sol. Primeiro um solzinho muito tímido, que furava as nuvens e fazia reluzir as tampas de metal que cobriam o bocal dos poços de balde, uma novidade imposta pelas autoridades depois que uma criança morrera afogada. À tarde, o sol já era tão forte que levava cada a um dizer que o tempo andava estranho. Ainda assim, o sol, depois de tanto aguaceiro, era saudado como uma boa nova. A vila estava cansada de chuvaradas constantes e de tristezas flutuando nos arroios, que transbordavam causando estragos longe dos seus leitos e margens.

Depois que o encontraram enforcado no seu ranchinho coberto de capim santa-fé, ao cair daquela noite, muitas histórias foram contadas. Quem o ouvira por último jurava que ele se recolhera para casa cantarolando a canção que era quase a sua trilha musical: "Os homens de preto, os homens de preto, os homens de preto/Os homens de preto trazendo a boiada/Vêm rindo, cantando, dando gargalhada/Deus, Deus, Deus, Deus, você fez..." Sidnei podia repetir muitas vezes a parte dessa letra que mais o tocava: "E o bicho coitado não pensa em nada/Só vem pela estrada, vem, berrando, berrando/vem berrando..."

Desde então o beco verdejante onde viveu e cantou por alguns anos de gentileza e solidão, passou a ser chamado nas conversas de galpão de "a rua onde o Sidnei se matou". Às vezes, quando alguém passa por ali, depois da chuva ou de uma manhã de sol tímido, ouve-se um cantarolar ritmado: "Toca boi, toca boi, berra boi, berra boi..."

82
Fantasma

Como se sabe, sempre se soube, cabia-lhe a honrosa missão de buscar e levar o professor, que descia e embarcava a cinco quilômetros da escola e não dispunha da complacência do dono daquele lugar. Executava a tarefa, aos onze anos de idade, montado num cavalo baio e puxando a cabresto um alazão faceiro. Buscar o mestre era simples, apesar da solidão ao longo do caminho, sempre pouco depois do meio-dia. Nos dias chuvosos, o pai ia no seu lugar, coberto por uma imensa capa preta. Sentia-se infeliz por não ser considerado grande o suficiente para cumprir a sua obrigação também nas horas duras.

Levar o professor, ao final da tarde, é que o assustava um pouco, medo que não podia confessar, embora o trouxesse exposto nos olhos de um escuro vertiginoso. No meio do trajeto havia o pequeno cemitério do povoado, que mais parecia uma casa de brinquedo. Então, num dia em que se atrasaram, com a noite já despontando, viu, de longe, um fantasma diante dos túmulos brancos encastelados na colina verde. O espírito – alto, magro e branco, como ouvira dizer numa roda de homens de poucas palavras – balançava ao sabor do vento, que assobiava entre os túmulos. Voltou a toda pressa, fustigando o animal com os calcanhares. Desceu diante da venda onde laragava o professor.

– Tem um fantasma lá na frente do cemitério – soltou.

– Como sabe que é um fantasma? – perguntou o comerciante.

– É branco, alto e se mexe com o vento.

O homem riu. Não podia escoltar o menino nem deixar que ficasse ali durante a noite. Prometeu-lhe uma solução imediata. Saiu e voltou como uma vara de marmelo. Olhou nos olhos negros do guri e explicou:

– Deixa o cavalo do professor aqui comigo até amanhã. Quando chegar perto do cemitério, dá duas varadas no teu matungo e vai.

– E se o fantasma nos alcançar?

– Fantasmas são lerdos, posso te garantir.

Montou e se foi. Quando avistou o fantasma, no último clarão da tarde, desferiu, por segurança, quatro varadas no animal, que partiu em disparada. Estacou, porém, bem diante do fantasma e baixou a cabeça. Pequeno cavaleiro, passou direto pelo pescoço do bicho e estatelou-se nas macegas. Diante dele, oscilava um caraguatá em flor.

Essa história, com esse final surpreendente, ele leria em várias versões na pena de um cronista pelo qual nutria certa antipatia. Como podia roubar-lhe o que vivera e atribuir-lhe um desfecho tão irreal?

Então escreveu-lhe uma carta contando tudo o que se passara naquele longínquo dia da sua infância. A verdade nunca foi publicada.

83
Biografia

Era cedo para morrer. Era tarde para viver. Assim pensava Antônio, que todos conheciam por Gino. Como se dera essa troca de nomes era algo que ninguém sabia. Nem ele. Na verdade, nomes tinham pouca importância entre eles. Todos se tratavam por apelidos. Gino era Pau de corda. Por que mesmo? Porque era magro e enrolado. A vida de Gino, aliás, Pau de corda, sempre havia sido como a dos outros: trabalho, um trago de cachaça ao final do dia, uns acordes de violão em noites frias e a esperança de boas colheitas. Como não há bem que dure sempre nem mal que não possa retornar, uma fileira de desgraças se abateu sobre Gino: teve um furúnculo na nádega esquerda, houve seca, colheita ruim, rebentaram todas as cordas do violão, uma a uma, a cachaça passou a dar-lhe azia e, finalmente, um exame feito na cidade, depois de meses de fila, detectou um câncer na próstata.

Pela primeira vez, Antônio sentiu medo. O uso desse nome pelo médico causou-lhe estranheza, como se anunciasse a morte próxima de um desconhecido. Mas era dele que o doutor falava. A voz daquele homem de óculos enormes parecia-lhe distante, sem qualquer emoção. Explicava o que era a próstata e para que servia. Gino Pau de Corda suava:

– Posso morrer por causa da "prosta", doutor?

Aquela voz neutra tratou de ser ainda mais explicativa: faria um procedimento cirúrgico, seguiria um tratamento, ficaria bem. Antônio voltou para casa e pensou na vida. De repente, as coisas mínimas do seu cotidiano ganhavam significado. Temia perder o que nunca havia considerado como seu. Tentava agarrar cada coisa como se disso dependesse a sua sobrevivência. Queria capturar a chuva, o canto de um pássaro, um raio de sol, a aragem da noite, o cheiro de café que vinha da cozinha da sua mãe, a sombra da árvore onde sesteava, o riso das crianças do vizinho, o choro de uma sanfona. E assim, entre amedrontado e renovado, Gino passou por todas as etapas do que chamava de seu calvário. Na manhã em que se sentiu curado, viu o sol produzir uma auréola em torno da cabeça da sua santinha, Santa Terezinha.

– A *prosta* me fez viver um *carvalho*. A *aurela* na cabeça da minha santinha foi a prova de que eu não sofria *solito*.

Desse dia em diante, refeito, passou a ser para todos Antônio. Havia nos seus olhos um brilho que exigia respeito. Se alguém, pela força do hábito, dizia Gino, ou Pau de corda, recebia olhares duros dos demais e tratava de corrigir-se e desculpar-se. Estavam diante de um homem que havia ido ao fundo do poço e voltado depois de pagar com sofrimento algum pecado que todos desconheciam. Soubera, contudo, ouvir a voz dos homens e a lei de Deus. Era uma nova pessoa. Quando chovia, os seus olhos brilhavam. Quando os pássaros cantavam, ele se iluminava. Quando um raio de sol lambia os seus pés, que escapavam da sombra do cinamomo durante a sesta, ele agradecia pela benção.

Morreria dois anos depois ao ser atingido por um raio. Foi um homem feliz.

84
Memórias de um comandante

Aos cem anos da Revolução de 1923, a última guerra civil do sul, com suas degolas e nomes lendários, lera nas memórias de Flores da Cunha feitos que desconhecia. Quando conta, fica de mármore.

Quando as tropas inimigas bateram em retirada ele se viu de arma na mão apontando para dois soldados magrelos que escapavam montados no mesmo cavalo, um animal salpicado de branco e vermelho. Pensou que podia poupá-los. Afinal, não se retiravam, fugiam. Depois, achou que era sua obrigação abater os inimigos, que poderiam ser letais em outra refrega. Ergueu o revólver, pois essa era a sua arma, sabendo que só dispunha de uma bala. Considerou que seria mais racional não desperdiçar a sua munição naquele amanhecer de luz glauca e de gritos pavorosos que ecoavam nas cordilheiras verdes. Estremeceu ao ver que estava entre a correnteza de um arroio e os túmulos descorados de um pequeno cemitério. Por alguns instantes, subitamente silenciosos, o tempo pareceu-lhe congelado na aurora preguiçosa de abril. Foi nessa espécie de insônia ou de torpor que se viu apertando o gatilho. Atirou a esmo, fechando os olhos para esquecer que estava em campo de batalha. A bala varou as cabeças dos dois rapazes engarupados.

Foi condecorado por sua pontaria e bravura.

Recusou a medalha.

Assim deveria ser.

85
Uma navalha

Aposentou a navalha no dia em que completou 65 anos de idade. Não queria mais ser barbeiro. Havia passado a vida afiando o seu instrumento como se dele dependesse o seu passado. Era só o futuro que a lâmina lhe garantia. Tentava explicar aos clientes que o amanhã pertencia a Deus e que só o já vivido era dos homens e das suas escolhas. Ninguém o compreendia. No fundo, nem ele mesmo sabia exatamente o que queria dizer com a sua teoria. Lutara em 1923, em 1924, em 1930 e em 1932. Então, cansado de brigar pelos outros, pelos grandes que o ignoravam, vendeu a arma de fogo e passou a viver da sua arma branca e inofensiva, como gostava de dizer quando estava para brincadeiras. Era homem de muitas palavras e poucas sentenças:

– O importante na vida é poder escolher com quem se vai brigar.

Se não queria brigar as brigas alheias, se não via heroísmo em matar por ordens superiores, se as guerras lhe pareciam estranhas, algo lhe remexia as entranhas: o sentimento de injustiça. A vida nunca lhe dera a oportunidade de praticar um ato de justiça. Ao se preparar para fechar, pela última vez, a barbearia, viu uma menina, uma adolescente, entrar correndo, pedindo proteção. Era uma linda menina negra. Escondeu-se instintivamente atrás do biombo que separava o "salão" de um espaço reservado aos funcionários da casa: só ele. O homem que avançou para cima da menina não parecia cogitar que alguém se atrevesse a protegê-la. Foi morto com uma navalhada precisa.

Levado a júri popular, o "assassino da navalha", como passou a ser chamado pelos jornais, foi condenado a trinta anos de prisão. A tese da legítima defesa não foi aceita por, segundo a promotoria, ele não ter sequer instado o invasor a recuar. Nem o depoimento da moça em ser favor adiantou. A exibição da navalha impressionou os jurados.

Morreu na prisão aos 79 anos, um dia antes da liberdade condicional. Era dono do seu passado. O futuro a Deus pertencia.

86
Homenagem póstuma

Era guarda de trânsito. Uma vida dedicada aos motoristas e a desfazer ou impedir engarrafamentos. Sentia orgulho da sua atividade. Achava-se importante, trabalhando sob a chuva, o sol forte ou o frio, por ajudar os outros a circular. Chegava a brincar que era como o habeas corpus: garantia o direito de ir e vir. Foi atropelado. O juiz que o matou, para desespero da sua família, foi absolvido. Na decisão, podia-se ler: "Morreu na contramão atrapalhando o tráfego".

O povo deu o seu nome ao lugar onde morreu.

87
Inspiração

Contava-se, naqueles dias de paixão e medo, como se faz quando se sabe pouco, mas se intui o essencial e sente-se necessidade de falar para expiar as culpas, que trazia na boca um gosto de mel e sabia disso, pois só falava com doçura e tinha sempre um enxame em torno de si. Contava-se também, para espanto de certos ouvintes e reprovação das carolas, que distribuía seus beijos generosamente pelo prazer que experimentava espalhando prazer e satisfazendo desejos, sem pedir nada em troca, aceitando, vez ou outra, uma prenda. Quando a criticavam, respondia rindo e balançando seus belos cabelos cacheados: "Não gasta". Não era de ninguém e isso incomodava os proprietários do lugar. Morreria numa manhã de muito sol, apedrejada por "homens de bem", a quem não quisera beijar por entender que suas bocas tinham gosto de fel e de mentira. Não suportava traições. Contava-se então que um certo Chico Buarque a beijara e, incapaz de esquecê-la, teria feito uma das suas mais belas canções, "Geni e o Zepelim".

Contam tanto coisa.

Cantam muito mais.

Assim não se morre.

88
Biografias

Havia sido negacionista nos primeiros meses da pandemia. Não se via derrubado por um vírus. Considerava-se um forte. Havia escapado de dois atentados. Infectado pela terceira vez, pediu para morrer. Estava cansado de lutar pela vida contra um vírus que parecia persegui-lo. Apesar de sair pouco ou de nunca tirar a máscara em público, era alvo fácil para a doença. Devia existir algo no seu organismo que a ciência desconhecia. Atraía o vírus como se fosse dotado de um magnetismo viral. A cada vez era um novo estrago. Se escapasse, o que já não desejava, teria de ficar trancado em casa para evitar uma quarta contaminação. Então a ciência descobriu a vacina definitiva contra o mal que ameaçava devorá-lo. Agradecido, decidiu doar parte da sua imensa fortuna para pesquisas científicas. A partir daí, quando lhe falavam em heróis, respondia com uma convicção inédita na sua vida:

– Os cientistas.

Ao morrer, anos depois, atingido por uma bela perdida ou sem a assinatura do remetente, amigos decidiram mandar inscrever na sua lápide algo muito especial, algo do que ele teria se orgulhado.

– Um amigo da ciência.

O túmulo foi profanado oito vezes, apesar das câmeras de segurança. A lápide era arrancada por encapuzados. Os amigos mandavam colocar outra com a mesma inscrição. Por fim, contrataram seguranças para vigiar a sepultura. Um homem acabou capturado no que teve o ar de uma visita de reconhecimento às novas condições do local. Confessou:

– Sou um inimigo das vacinas.

Quando investigaram a sua vida, sob pressão da mídia, descobriram que havia tomado as cinco doses a que tinha direito.

Além, evidentemente, da vacina definitiva.

Praticava um ceticismo precavido.

89
Um acontecimento

Na primeira vez em que caminhou sozinho pelas ruas de Paris sentiu medo. Não temia ser assaltado, que tinha experiência de cidades violentas. Paris parecia-lhe de uma tranquilidade interiorana, salvo nos metrôs nos finais de tarde. O medo que sentia era de si mesmo. Medo de perder-se naquela imensidão e de nunca mais ser encontrado. Por muito tempo essa foi a imagem mais assustadora da solidão que carregou como sintoma de algo que nunca deixaria de incomodá-lo. Desaparecer em meio a uma multidão de desconhecidos seria como morrer longe de casa e mergulhar para sempre na solidão da eternidade.

Havia saído de um pequeno hotel no Quai de la Megisserie e se embrenhara até se descobrir na longa rue de Rivoli. Passaria uma tarde caminhando a esmo, com medo de se perder e com uma estranha vontade de continuar. Sentia que naquele passeio corriqueiro de turista, prestes a tornar-se morador daquela cidade, havia um pequeno prazer cheio de riscos invisíveis ou visivelmente exagerados. Não sabia que era vítima de fantasmas, assombrações fictícias que se formavam a partir de fragmentos de realidade para lembrá-lo de suas aflições recorrentes.

Tinha 45 anos de idade, um passado de arqueólogo e um futuro sem memória. De que se lembraria? O que poderia salvar de seu naufrágio? Nas andanças daquela tarde, viu-se repentinamente na Rue des Archives. Era primavera. O sol brilhava nas calçadas. Viu um homem de meias vermelhas sentado num bistrô de frente para uma mulher mais jovem, muito magra, elegante. Muitos anos depois ainda se perguntava que mecanismo seletivo o fazia lembrar daquelas meias vermelhas. A mulher parecia triste e talvez falasse ao seu interlocutor de alguma infelicidade cotidiana. Fez um gesto amplo com a mão esquerda, repleta de anéis a ponto de o sol ter faiscado num brilhante, apontando o entorno como se perguntasse "de que vale tudo isso agora?"

A voz do homem ergueu-se grave e perfeita acima dos ruídos do ambiente. Havia segurança e altivez naquela voz radiofônica.

– *Et pourtant ça vit* – disse ele.

Ela sorriu. A frase, num francês cristalino, impossível de não ser compreendido, chegou aos ouvidos do passante como uma revelação.

Retornou para o hotel com a sensação de ter aprendido mais do que em toda a vida. Ao voltar para seu país, entregou-se à polícia.

Para viver, precisava pagar por um crime cometido.

90
Milonga

Conheceu aquele homem no dia em que acharam o soldado Ramos enforcado. Estavam todos aturdidos pela notícia do suicídio quando surgiu aquele estranho na esquina do armazém. Era alto e tinha cabelos muitos negros, o que lhe dava uma idade indefinida. O olhar dele foi do seu rosto ao seu corpo como se a radiografasse sem pudor. Aquele dia se tornaria para ela inesquecível por essas duas razões: a morte de um homem por quem nutria carinho e a chegada de um andarilho que se instalaria no seu imaginário. De cara, soube que era mais um fugitivo rumo ao Uruguai, um militante político tentando escapar da ditadura.

Pouco sabia do regime militar instalado no país. Aquele homem que a olhava como se desfrutasse de algum direito à sua intimidade lhe contaria coisas horrendas. Falaria como se nada tivesse a perder. Se ela sabia o que movia aquele homem, como as autoridades não saberiam? O forasteiro demonstrou grande interesse pela tragédia do soldado. Não se escondia, não fugia do contato com a gente local. Talvez isso tenha contado para a confiança que rapidamente conquistou. Por uma semana, naquela primavera de sol cálido, conversou com ela, à sombra de uma figueira, enquanto os outros faziam a sesta. Ela se perguntava o que estava acontecendo. Por que ninguém se ocupava daquele homem? Por que o deixavam espreguiçar-se como se fosse um velho conhecido?

Juntos, no domingo, viram, à beira do lago, o sol cair enquanto o céu se tingia de cores esmaecidas. Quando ele desapareceu, ela voltou ali por muitos dias. Passados vinte anos, contempla o filho, fotografia do pai, e sente orgulho do amor que viveu aos 17 anos. Durante muito tempo, por causa dele, foi a desgraçada da aldeia.

Agora é a mãe do rapaz que tira do violão de sete cordas os sons mais belos e que fazem o vilarejo sonhar. É dele a milonga "rastros na lâmina d'água", cuja letra fala em chegadas e partidas furtivas.

Como um coração ocupado.

91
Pandemia

Quando foi dormir, faltavam quatro anos para a sua aposentadoria. Na madrugada aprovaram uma reforma da Previdência: acordou faltando seis anos para o seu último dia de trabalho. Não se desesperou. Então veio a pandemia. Foi dos primeiros a se contaminar. Passou um mês no hospital. Seis dias entubado. Teve Covid longa. Recuperado, trabalhou dois anos em home office. Perdeu o contato com o dia a dia da empresa, mas ganhou certa tranquilidade. Poderia ficar em casa para sempre. Quando, enfim, foi chamado a comparecer na firma, não teve bons pressentimos. Recebeu a demissão como se fosse a notícia de uma doença. Estava novamente a quatro anos da sua aposentadoria.

Voltou para casa e dali viu todas as portas se fecharem. Sorria quando essa imagem lhe vinha à mente. Afinal, ele mesmo se mantinha no seu bunker, sem abrir a porta para quem quer que fosse. Como ensina a sabedoria popular, desgraça pouca é bobagem. A mulher foi embora. Um casamento de 28 anos desfez-se em quinze minutos de explicação. Era começo de outubro. No final do mês, enrolado na bandeira do Brasil, votou em Jair Bolsonaro. A derrota do capitão injetou-lhe uma estranha motivação no ânimo acostumado ao mais denso tédio. Pegou sua barraca dos bons tempos de pescaria, vestiu uma jaqueta militar comprada num camelô e marchou convictamente para a frente do Comando Militar.

Ali viveria o último mês da sua vida. Participaria de um plano armado para gerar caos e provocar as condições necessárias a uma intervenção das forças armadas – que não via isso como golpe. Morreu na virada do ano de um infarto fulminante. Um antigo amigo dos primeiros anos na cidade, que se espantou ao vê-lo como líder do movimento, contaria que o achara feliz. Perguntou-lhe o que fazia ali, ele que sempre havia recusado a política. Respondera de pronto:

– Encontrei a minha causa.

Foi velado no acampamento.

92
Pedro Álvares Cabral descobriu ou invadiu o Brasil?

Contava-se naquelas tascas inesquecíveis de Portugal, onde tudo se sabia e se disseminava quando Deus estava desatento ou ocupado com outros, que um marujo ouvira a reação de Pedro Álvares Cabral no momento exato em que ecoara o grito estridente de "terra à vista":

– Achamos!

93
Os índios eram indolentes?

Fugido de uma lavoura de cana de açúcar, um indígena teria chegado na sua aldeia depois de vários dias de caminhada e de medo, que temia maus espíritos e brutamontes europeus. Um irmão, cheio de curiosidade e bondade, quis saber como eram os homens brancos:

– Todos indolentes.

– Indolentes?

– Preguiçosos. Não fazem nada. Querem que a gente faça tudo por eles.

94
Zumbi tinha escravos?

Quem olha para o passado, escolhe o que enxergar ou enxerga o que outros escolhem para ser visto. Dizem que Zumbi tinha escravos. Conta-se que negro fugido de Palmares era executado sumariamente. Afirma-se que o quilombo era um estado despótico, uma ditadura sangrenta, uma ilusão atroz de liberdade. Um preto constataria um ponto em comum entre os autores dessas denúncias: todos brancos.

95
Tiradentes foi líder dos inconfidentes?

Há quem duvide de que Tiradentes tenha sido o líder da Inconfidência Mineira, nossa revolta maior contra o jugo português. Como poderia aquele tropeiro, dentista e alferes comandar um movimento integrado por homens tão mais importantes do que ele? Um espírito pragmático, ou cínico, o que pode ser apenas redundância, teria dito que a sua principal credencial era não ser poeta. Outra hipótese, certamente mais ou menos verossímil, sustenta que ele era o mais pobre entre os cabeças da conjuração. Portanto, o único a não ter quem zelasse por sua cabeça ou esperasse dele alguma recompensa. Por fim, há quem sustente que ele só foi designado líder quando tudo já estava perdido. Uma liderança retrospectiva por delação. Se foi usado, a história o recompensou. Os demais tornaram-se coadjuvantes.

96
D. Pedro I proclamou a independência do Brasil?

Consta que foi Dona Leopoldina, apoiada por José Bonifácio, quem intimou por carta D. Pedro a proclamar a independência. Era uma mulher de personalidade e não temia o sogro. Ela foi direto ao ponto como exigia o momento: "O pomo está maduro. Colhei-o". O intrépido marido não se fez de rogado sob pena de não ter o que dizer em casa. Uma boa maneira, porém, de tentar saber o que aconteceu às margens do Ipiranga é contemplar o quadro de Pedro Américo e imaginar tudo diferente. Poucas vezes um artista teve tanta liberdade poética. Como se lê em "História da Independência do Brasil", de Varnhagen, deliciosa crônica do processo que levou à separação entre Brasil e Portugal, com farta indenização para D. João VI, graças à intermediação da Inglaterra, D. Pedro montava na hora do seu grito uma "besta baia gateada".

Esse detalhe já deveria ser suficiente para perceber o imaginário da época e os valores dominantes na pintura áulica. Mas outros aspectos podem ser tão ou mais conclusivos para um mergulho nesse passado glorioso. Depois de dissolver a Assembleia Constituinte, D. Pedro I mandou seu fiel colaborador José Bonifácio e outros personagens que se haviam tornado incômodos para o exílio, com uma pensão anual de treze mil cruzados. Para os solteiros, caberia metade da pensão. O Brasil já era Brasil? Valia ou não a pena ser casado? E ser próximo do imperador? Anistiado e instalado em Pernambuco o redator do *Correio do Rio de Janeiro*, João Soares Lisboa, que tanto havia atacado o dono poder, passaria a publicar o jornal *Desengano Brasileiro*. Consta que nenhum outro jornal teve título tão factual.

Bonifácio voltaria ao Brasil para ser tutor do filho de D. Pedro I quando este teve de ir embora. Tudo mudava, menos o passa da mula.

97
D. Pedro II e a Princesa Isabel eram abolicionistas?

O francês Raymond Aron afirmava que "os homens não sabem a história que estão fazendo". A prova disso é que livros de história costumam espantar protagonistas de acontecimentos com verdades que eles desconheciam. Para bem da saúde mental e da autoestima não se deve confundir história com testemunhos pessoais sobre o passado que sumiu. Aron, segundo consta, teria comprovado a sua tese enganando-se sobre o período em que viveu. D. Pedro II entrou para a história como sábio, humanista, amigo da ciência e das artes, imperador culto na ignorância dos trópicos. A princesa Isabel, sua filha, teria herdado o humanismo iluminista do pai. Resta dar resposta, sendo assim, a uma questão que não cala: por que o Brasil de D. Pedro II e da Princesa Isabel foi o último país a abolir a abominável escravidão, às portas do século XX, depois de vizinhos dominados por bárbaros caudilhos?

Que silêncio no céu de anil.

Florão da América.

98
Deodoro da Fonseca proclamou a República?

Maria Adelaide de Andrade Neves Meireles, baronesa do Triunfo, teria conquistado os corações de Deodoro da Fonseca e Gaspar Silveira Martins. Anos depois, informado por

Benjamin Constant de que o gaúcho Silveira Martins seria o próximo primeiro-ministro do Brasil, Deodoro teria saído da cama para proclamar a República. Difícil acreditar em tamanho romantismo nessa história que faz pensar no famoso "cherchez la femme" balzaquiano, fórmula pela qual a mulher é culpada de tudo, mesmo pelo que se deseja. Se foi enganado, Deodoro também enganou: a sua república era um golpe de Estado. Não demoraria para que ele mostrasse as garras e fosse ultrapassado por Floriano Peixoto.

Há golpes tão duros na vida, especialmente os de Estado. Às vezes, estados da alma.

99
Vargas entregou Olga Benário para morrer na câmara de gás?

Em 1936, ainda não existiam as câmaras de gás na Alemanha. Mas já se sabia do furor nazista com eugenia, purificação da raça e outras violências abomináveis que fariam dessa história um dos mais tristes capítulos da cultura ocidental. O Brasil ainda não entrara na ditadura do Estado Novo, mas já estava sob o jugo do Decreto presidencial nº 702, de 21 de março daquele ano, que suspendia o habeas corpus.

A decisão do Supremo Tribunal Federal sobre o caso Olga Benário pode ser lida hoje como um parágrafo de uma antecipação ao livro de Vargas Llosa "A festa do bode": "A Corte Suprema, indeferindo não somente a requisição dos autos do respectivo processo administrativo, como também o comparecimento da paciente e bem assim a perícia médica afim de constatar o seu alegado estado de gravidez, e atendendo a que a mesma paciente é estrangeira e a sua permanência no país compromete a segurança nacional, conforme se depreende das informações prestadas pelo Exmo. Sr. Ministro da Justiça: Atendendo a que, em casos tais não há como invocar a garantia constitucional do habeas corpus vista do disposto no art. 2 do decreto n. 702, de 21 de março deste ano: Acordam por maioria, não tomar conhecimento do pedido.

O fecho extrapolava romance: "Custas pelo impetrante".

A Getúlio Vargas custou apenas mais uma assinatura.

100
Getúlio foi assassinado?

Virginia Lane, a mulher que fora considerada a dona das pernas mais lindas do Brasil nos anos 1950 e que se orgulhava de ter sido amante de Getúlio Vargas, a quem jurava chamar na intimidade de "meu pequeno Napoleão", sendo tratada em retribuição virilmente por "minha potranca", garantia que Getúlio Vargas fora assassinado em 24 de agosto de 1954. Ela não seria a única a crer ou fingir crer nessa hipótese. Eu a ouvi em longas conversas telefônicas em 2004. Ela dizia também que estava no Palácio do Catete naquela manhã trágica. Existe no Acervo Luiz Vergara, nome de um secretário pessoal de Vargas, no CPDOC da Fundação Getúlio Vargas, um documento conhecido como "Laudo 125.890", produzido para a Seção de Necropsias do Instituto Médico-Legal pelos peritos Carlos de Melo Eboli e Antônio Carlos Vilanova. O cadáver teria sido examinado às 9h30, cerca de 55 minutos depois do tiro que fez o gaúcho de São Borja, revolucionário, ditador e presidente eleito pelo povo, sair da vida e entrar na história.

Esse documento sedutor levou o legista gaúcho aposentado Roberto Lúcio Feliciate Alves, participante da oficina literária do escritor Alcy Cheuiche, a escrever um breve livro misturando ficção e história: "O mistério do quadro dourado". O título faz referência ao laudo emoldurado que ele um dia recebeu da proprietária de uma academia de pilates. O velho e o novo cruzam-se sem mitologias nem rituais.

O laudo abre com uma frase aparentemente já impressa – "esquema das lesões localizadas na face anterior do cadáver de" – e continua, sobre um pontilhado, com a identificação datilografada do objeto do exame – o "Sr. Presidente da República, Dr. Getúlio Vargas em seus aposentos particulares". Apresenta o desenho de um corpo humano dividido em regiões para fins de exposição da perícia. Ao pé, pode-se ler com surpresa: "Ferimento penetrante, não transfixante produzido por arma de fogo, com auxílio de terceiros próximo à zona pigmentada do mamelão. De acordo com a inspeção ocular, foram encontrados resíduos e incrustrações anegradas [sic] nas bordas do ferimento, caracterizando um tipo de disparo colado ao corpo, realizado pelo cadáver [sic], com o auxílio de uma segunda pessoa, pelo que deduziram, digo, deduzimos no exame do cadáver. Não foi assinalado qualquer outro sinal de violência ou outro tipo de ferimento".

Uma rápida pesquisa ao catálogo eletrônico do CPDOC atesta a existência do laudo, assim como de outro, o 126.005. Então, Vargas foi mesmo assassinado? Quem teria sido essa segunda pessoa? Virginia Lane, nos seus momentos de nostalgia criativa, assegurava que tinha sido retirada do Catete, na manhã fatídica do assassinato de Getúlio, por Gregório Fortunato, o "anjo negro" do presidente, que a teria jogado por uma janela, salvando-a do que viria em seguida. Um único detalhe estraga a narrativa da rainha do teatro de revista: Gregório já estava preso na chamada República do Galeão, onde tentavam fazê-lo confessar, ou assumir, o nome do mandante do atentado da rua Tonelero, em que ficara ferido – há quem duvide – num pé o jornalista Carlos Lacerda, conhecido como "o corvo", inimigo número um de Vargas e do varguismo, e terminara com a morte do major aviador Rubens Vaz, que servia de segurança a Lacerda naquela noite, por um pistoleiro de aluguel, o daltônico João Alcino do Nascimento, um ex-tropeiro de mulas.

No livro de Luiz Vergara, "Fui secretário de Getúlio Vargas, memórias dos anos de 1926-1954", publicado em 1960, nada consta sobre esse laudo desconcertante. Ele diz: "Meu último encontro com Getúlio Vargas ocorreu em 8 de maio de 1954". Passando pelo Rio de Janeiro, antes de embarcar para Roma, Vergara visitara o presidente. Depois disso, fora procurado por um oficial aviador, fiel a Vargas e servindo no Norte do país, com graves denúncia sobre um complô com participação de setores da aeronáutica contra Getúlio. Vergara voltaria no dia seguinte a encontrar o presidente para alertá-lo do "complô do Galeão". Getúlio afirmaria estar a par por outras fontes. Questionado sobre o que fazia o ministro da Aeronáutica, teria respondido "o ministro parece ausente de tudo, falhou". Vergara teria se prontificado a ficar para ajudar o ex-chefe, de quem era um fiel entre os fiéis. A recusa foi categórica: "Vai-te embora e cuida da tua vida". Para espíritos desconfiados ainda ressoa o comentário derradeiro do secretário: "Estávamos em princípio de maio e o pior aconteceria três meses depois, com a sua morte em condições e de um modo que até hoje custo a aceitar como fatal e inevitável".

101
Documento infame farroupilha

Entre os milhares de documentos sobre a Revolução Farroupilha, guerra civil travada pelo Rio Grande do Sul contra o império brasileiro de 1835 a 1845 um chama a atenção, podendo ser rotulado de "documento infame". Em 25 de outubro de 1845, depois de finda a disputa, Domingos José de Almeida, que fora considerado "cérebro" do movimento e desempenhara o cargo de ministro da Fazenda da república farrapa, em carta a David Canabarro, o derradeiro comandante dos revolucionários, pedia o seu testemunho para provar que tinha direito à indenização com a verba secreta que o império liberaria depois.

Almeida escreveu: "Prevendo os resultados da retirada de 4 de janeiro de 1837 se nossos companheiros não fossem de pronto socorridos de cavalgadura, roupa, fumo e erva, nesse mesmo dia despachei 35 escravos, que de minha propriedade tinha já no departamento de Cerro Largo, com Vicente José Pinto para serem vendidos em Montevidéu e seu produto aplicar a esse importante fim". Apresentou as suas provas.

A guerra civil foi financiada com a venda de negros.

Os defensores desse passado heroico reagem condenando o que seria um pecado de anacronismo. Eram os valores da época, argumentam. Crimes contra a humanidade não prescrevem. Os escravizados sempre souberam o quanto era abominável ser propriedade de alguém.

O lema dos farroupilhas era "liberdade, igualdade e humanidade".

102
João Goulart pretendia dar um golpe comunista?

Se Jango pretendia dar um golpe comunista, ele mesmo não ficou sabendo. O seu instinto capitalista, de fazendeiro bom de negócios, e o seu cristianismo cultural, de família, não lhe permitiam tamanha infração. De fato, seria um duro golpe para o seu patrimônio pessoal. Além disso, a ruptura não ia bem com o seu espírito conciliador.

103
Quem veio primeiro depois de 1964, a tortura pelo regime ou a guerrilha marxista?

A "operação limpeza" começou a atuar já em 2 de abril de 1964. Até agosto daquele ano, o Brasil conheceria cassações de mandatos, prisões arbitrárias, tortura e até estranhos casos de "suicídio assistido", os chamados "suicidados de abril". Uma prova de que o regime não perdeu tempo em impor a sua violência é o editorial do Correio da Manhã, que dera apoio a deposição de Jango. Em dia 3 de abril, o jornal estampou na capa o seu estupor: "terrorismo não!".

Era cedo para se arrepender e tarde para protestar.

104
Jango foi assassinado?

Um dos argumentos para dizer que João Goulart foi assassinado, na sua fazenda em Mercedes, na Argentina, em 1976, explora o fato de que na certidão de óbito do presidente brasileiro não constaria a causa da sua morte, tendo sido anotado apenas o impreciso termo "enfermedad". Na autorização para transportar o corpo de João Goulart entregue a Cláudio Braga só constaria essa palavra. Porém, no "certificado de defunción", emitido e assinado pelo médico Rafael Ferrari, que eu trouxe da Argentina com o material da investigação sobre o ocorrido, está claro como uma má notícia em tempos sombrios. Causa da morte, com letra do médico, "infarto do miocárdio".

Jango foi assassinado por seu coração cansado de exílio.

105
Elsa

Ela nascera Elvira, em Sorocaba, no interior paulista, em família de operários. Morreria como Elsa, no Rio de Janeiro, sem ter tido tempo de aprender muito sobre a vida e os homens. O gaúcho Luís Carlos Prestes, o cavaleiro da esperança, mandaria executar a jovem Elsa Fernandes, namorada de Miranda, secretário geral do PCB, por suposta traição à causa e revelação de informações secretas sobre a fracassada "intentona" de 1935. Ela seria estrangulada em 2 de março de 1936. Era inocente. Tinha 16 anos de idade. O Tribunal Vermelho era célere. Não tinha tempo a perder nem ouvidos para negativas.

Em 1945, Prestes e Getúlio estariam do mesmo lado.

A isso se dava o nome de política.

106
Tempo

Num começo de ano que não entraria para a grande história, Honorato contou os dias já vividos. Estava no fim. Ouvia rojões.

Depois, seriam salvas de tiro.

Doze balas.

Em casa, as pessoas se diziam entre abraços e brindes:

– Feliz Ano Novo!

107
Majestade

Tinha 88 anos, oito filhos, doze netos, sete bisnetos e muita vontade de viver. Fora camponesa, cozinheira e costureira. Ainda sonhava em estudar. Chamava-se Helena. Pensava no seu futuro, pois ser idosa não lhe tirava o amanhã nem a capacidade de sonhar, quando viu aquele homem surgir na sua frente, na sua aldeia portuguesa. Por um momento, duvidou. Não podia ser ele. Não ali. Não na sua frente. Apertou os olhos e o encarou. O imenso sorriso que viu no rosto dele acabou com qualquer dúvida. Caiu de joelhos, chorando e rindo.

– Que choro é esse, senhora? – ele perguntou enquanto a abraçava.

– É que eu estou velha e nunca tinha visto a perfeição.

Assim havia sido o seu encontro com Pelé.

108
Suavemente

Jovem, quando falava do tempo, punha as mãos em concha, deixando frestas entre os dedos. Olhava escorrer. Era o tio. Mas todos o chamavam pelo apelido. Pouco mais velho do que os sobrinhos, era o amigo e, ao mesmo tempo, o responsável por eles nos banhos de arroio. A vida escorreu lentamente por entre os seus dedos. Passados 40 anos daqueles dias de correria, foi convidado a revisitar aqueles campos profundos onde haviam sido crianças felizes. O caminho na mata havia se fechado inteiramente. No entanto, era uma larga faixa arenosa. A aguada muito escura que servia de ponto de referência para entrar na picada que levava às águas muito límpidas do arroio já não existia.

Um dizia "mais ali", outro corrigia, "não, mas pra cá, ou "era bem aqui". Ele olhou para o céu, para massa escura de vegetação, para trás, onde outrora estava a casa de sua infância, e caminhou seguro para um ponto. Era ali. Sem qualquer possibilidade de erro. Guiaria os seus na mata cerrada, abaixando-se para evitar os arbustos que lhe tolhiam o avanço. Por fim, anunciou: "Chegamos". O arroio corria cristalino, igual ao que sempre havia sido, como se só para ele o tempo não tivesse passado, deixando ver, do outro lado, as coxilhas ondulando ao sol do meio-dia. Deitou-se na água rasa com as mãos em concha. Ficamos vendo o tempo passar entre os seus dedos.

Morreria algum tempo depois. Já ninguém sabe onde fica a trilha para o arroio. Talvez ninguém mais a procure. Que melancolia naqueles campos, naqueles fundos onde cantam jacus. Na memória, porém, ele ressurge, às mãos em concha, estirado na água que passa sempre igual.

Era o Dico.

109
Apresentação

Negro, só o chamavam de crioulo. Não reclamava. Talvez soubesse da inutilidade, naqueles tempos brancos, de qualquer reclamação. Diziam: "Esse crioulo não tem voz". Ou: "Esse negro engoliu a língua". Um dia, quando todos não encontravam o que dizer, mergulhados num silêncio que infamava, calados de estupor face à morte que se aproximava, ele se levantou e falou com sua voz desconhecida:

– Eu tenho nome.

Em seguida, jogou-se no rio e salvou a criança que se afogava.

O rio tinha nome: Caudaloso. O dele não foi ouvido.

110
Presencial

Quando os golpistas avançaram, destruindo tudo o que encontravam, especialmente obras de arte, já era tarde. A democracia estava consolidada. Só lhes restou quebrar tudo e receber as algemas com devoção. Estendiam as mãos compungidos. Depois, confessavam. Já não havia tempo para apagar tantos vídeos nas suas redes sociais.

Chorariam de saudade de casa.

Juravam que havia agido em defesa da pátria.

111
Na estação

Ele operava o telégrafo, vendia passagens, badalava o sino e apitava para o trem partir. Ficava olhando o comboio sumir na curva como uma serpente que dança. Fez isso por trinta anos e nove dias. No último, não vendeu um só bilhete. Badalou o sino, apitou e foi ao telégrafo. Enviou a sua mensagem: partiu o último trem. Em seguida, voltou à plataforma, contemplou às arvores do outro lado dos trilhos e retornou ao telégrafo. Permitiu-se uma confissão, a primeira em toda a sua vida de funcionário modelo da ferrovia: fui feliz aqui.

Todos o conheciam por Dom Casmurro.

112
Por Deus

Queria saber se Deus, de fato, existia. Era a sua maior preocupação. Não queria morrer na incerteza. Por que Deus não se comunicava com seus filhos como fizera dois mil anos antes? Era o tipo de pergunta que ele fazia no mercado, no banco, numa festa de aniversário, em qualquer lugar. No dia em que se perdeu, pôs-se num campo aberto a gritar e a chorar, olhando para o céu profundo:

– Deus, se o Senhor, existe, fale comigo.

O vento soprava, cigarras cantavam, o sol ardia, um fogo crepitava, um boi mugiu, um pássaro amarelo pousou na ponta de um pau.

– Obrigado, Senhor, por me responder.

Mandaram interná-lo por andar falando sozinho.

113
Confissão

Julgavam-se pessoas boas e respeitosas, em dia com suas obrigações morais e pregavam a verdade acima de tudo. Sabiam que ele era gay e não o expulsavam da comunidade. Permitiam-se, no entanto, todo tipo de comentário ou brincadeira cruel. Ele suportava em silêncio. Até que um dia subiu no estrado, que ficava no meio da praça, junto à gaiola para a televisão, que ainda não tinham, e disse:

– Sou gay.

Foi mandado embora. Não havia mais lugar para ele ali.

– Que ele seja *viado* é problema dele, mas que não venha nos contar.

Essa história ele relembrou quando se tornou prefeito do município e foi inaugurar a televisão na praça da sua juventude.

– Para que vocês tenham informação – disse no seu discurso.

114
Sinceridade

No dia em que enlouqueceu, Vavão prometeu diante de todos que, a partir dali, só falaria a verdade. Bateu o pavor. Ele conhecia a vida de todo mundo. Trataram de amarrá-lo e foram deliberar ao longe. O que fazer com ele? Internar? Mas onde? Matar? Não tinham coragem. Cortar a língua? Temiam que morresse. Como resolver? Por que diabos ele queria falar a verdade se estava louco? Um deles, então, teve uma ideia, justamente aquele que menos ideias tinha, dizer a ele que ninguém acreditava em verdade de louco e que cada coisa que dissesse seria tomada ao contrário. Ficou perplexo. E assim foi. Contava tudo o que sabia – traições, maldades, canalhices, pequenos roubos – e todos fingiam não crer. Levaram tão a sério a solução que passaram a crer no que haviam inventado. Ele ria. E mentia só para vê-los acreditar.

115
Em casa

Moravam na cidade grande. Viviam na rua. Junto a uma funerária. Eram cinco, seis, oito. Pareciam muito apegados ao lugar. Faziam festas, algazarras, confusão. Bebiam, contavam história, namoravam, pediam. Vez ou outra, um morador tentava expulsá-los dali. Ou a prefeitura oferecia-lhes moradia social. Recusavam. Eram criticados pela intransigência. Ouvia-se até alguma expressão do tipo "que irracionalidade". Numa manhã de outubro, porém, não estavam mais lá. Haviam sido retirados. Arranjaram-lhes outro local onde não seriam tão incomodados. Nem incomodariam tanto. Um dos vizinhos um dia os viu em sua nova localização. Contou que estavam bem instalados. Não viu muita diferença. No fundo, para ele, tudo nas cidades grandes se parecia.

Nunca se soube que arranjo foi feito para mantê-los no novo ponto, o lugar autorizado. E assim se passaram cinco anos, longos cinco anos de secas e chuvas. Num dia luminoso de outubro, por coincidência ou saudades, lá estavam eles visitando a antiga morada. Sim, eram eles, não havia dúvida. Não tinham mudado muito. Eram seis. Apontavam paras as fachadas dos prédios e riam. Gina chorava:

– Como eu fui feliz aqui.

116
Gerações

Foi buscar o avô no acampamento em frente ao quartel. Era a quarta vez que ele fugia para lá, onde ficava contando histórias da sua juventude. Quando chegou, estava tudo no chão. Soube que o avô havia sido preso junto com os demais depois da tentativa de golpe de Estado fracassada. Custou a saber onde encontrá-lo. Teve medo. Finalmente um soldado lhe deu um endereço. Era um ginásio na periferia da cidade. Havia muita gente. Crianças choravam, mulheres reclamavam, homens resmungavam. Insistiu para que lhe dessem notícias do velho. Por fim, deu com ele num canto, ainda enrolado na sua velha bandeira.

– Vô, por que fizeste isso?

– Fui bombeiro aos 20 anos, guri.

– Mas o senhor agora tem 90 anos!

– Antes de tarde do que nunca.

– Mas por uma causa errada, Vô.

– Foi a que me apareceu.

– O senhor foi enganado, Vô.

– Ninguém me enganou. Li tudo no zap.

– Ser preso por defender um golpe, vô, não se envergonha?

– Não foi o primeiro. Em 1964, só me faltou coragem.

Voltaram para casa em silêncio.

Era assim que se entendiam. Sem ideologias.

117
Cenário

Havia uma gota de sangue em cada pegada. Nenhum poema.

118
Prosa

Dizia o sábio em sua prosa mística:
"O vinho é símbolo da vida secreta".
Mas também da "juventude triunfante",
Oceano espumante, belo e vagabundo,
Deus negro num cavalo bravo de fogo,
Como alguém que diz "eu te amo".
Disseram-lhe: "Essa o senhor já contou".

Humilhando, buscou uma resposta, que encontrou dias depois:

– Mas ainda não tinha cantado.

119
Costumes

Ali, onde deveriam crescer girassóis, habitava o dragão. O ancião que conhecia a história estava morto. Razoáveis, os moradores do lugar olhavam a cena e repetiam como se rezassem: "Vida que segue".

120
Futuro

De manhã, contratou uma governanta. Ainda não conseguia usar o termo sem se sentir meio ridículo, como se estivesse num filme de época. Alguém precisava cuidar da casa e se ocupar dos empregados. À tarde, internou o pai numa clínica, onde teria, segundo pensava cada vez com menos remorsos, tudo o que ele mais precisava: cuidados especializados e atenção de profissionais. Ao se despedir do velho, satisfeito com as instalações do local, soprou-lhe uma consolação:

– Aqui, pai, você estará seguro pelos próximos anos.

Com um sopro de voz, o pai respondeu:

– Depois, estarei mais seguro ainda: com Deus ou com o nada.

121
Exames em dia

Funcionava como um reloginho. Era assim que se descrevia. Fazia o seu check-up anual em dezembro. Pontualmente. Nessa rotina de exames, tudo estava sempre bem. O médico confirmava: "Tudo normal". Conhecia os parâmetros e podia explicá-los aos amigos. Estava na idade de falar sobre doenças, apesar de ainda não as ter. Por vezes, perguntava-se como seria no dia em que um exame apontasse uma anormalidade. Sacudia a cabeça e afastava esse mau pensamento. Então, numa sexta-feira, 13 de dezembro, depois de lembrar o horror do AI-5, a ditadura dentro da ditadura, o horror, o horror, que tinha as suas leituras também, foi conferir o estado geral da sua saúde.

Um exame deu anormal. Assustou-se. O médico despistou:

– Um especialista dirá o que isso significa.

Teve a certeza de que escolhera um dia ruim para os exames. Resolveu, então, que precisava viver até a última gota. Era tarde.

Ao menos, morreu embriagado. De novas perspectivas.

122
Em tempo

Vivia com urgência por sentir que o tempo lhe escapava. Via-se como uma pessoa pragmática, que nada deixava ao acaso. Pensava raramente na morte, mas quando o fazia ficava atordoado. A morte era para ele simplesmente a eternidade do nada. Tentava se imaginar morto, por simples exercício especulativo, e não conseguia. Salvo de uma maneira: ficava vivo, fora do corpo, assistindo ao seu velório e ao seu enterro. Morrer era ficar invisível entre as pessoas vivas. Nesse sentido, até sentia certa curiosidade pela morte, que lhe daria a oportunidade de ver como as pessoas reagiriam ao seu desparecimento. Também nunca deixava de pensar na morte como sendo o momento do reencontro com os que haviam partido antes dele. Na verdade, não podia conceber que a morte fosse apenas o nada, embora só nisso acreditasse.

Seria crueldade demais, pensava, fazer as pessoas viverem algumas décadas juntas, amando-se e ajudando-se, e depois ser separadas pela eternidade. Um amigo dizia-lhe: não tem ninguém no comando. Tendia a concordar, mas, com o passar do tempo, não via vantagem nisso. Certos dias, defrontava-se com questões de logística. Era assim que falava. Quantas pessoas já existiram desde que o primeiro ser humano surgiu? Conjecturava procurar um especialista, um matemático, um estatístico, um expert em cálculo atuarial para ter uma estimativa. Então se rendeu ao óbvio: procurou na internet. Segundo um site que lhe pareceu confiável, seriam 108 bilhões desde o aparecimento do homo sapiens. Pressupondo que a morte não fosse um mergulho no nada, onde estariam todos esses seres desencarnados?

A solução que lhe parecia mais viável era esta: em mundos paralelos. Quantos seriam? Infinitos. A física quântica já considera a existência de mundos paralelos como natural, afirmava ao perceber um sorriso irônico ou um sinal de impaciência. Com quem estariam? Com quem quisessem. Era a única saída possível, parecia-lhe. Quando, porém, atravessava temporadas de realismo radical, só via o nada e o absurdo. A vida afigurava-se então para ele como uma grande maldade, um hiato antes da separação eterna de pais e filhos, amigos, amores, todos. Deus surgia-lhe com uma sacada astuciosa dos humanos em busca de amparo e de respostas consoladoras. Há muito lera num romance sem repercussão uma frase que lhe dava esperanças: se o homem existe, por que Deus não existiria? Dava-se o trabalho de interpretar essa pergunta para os amigos, que fugiam dos seus momentos metafísicos.

A existência de Deus, explicava, não seria mais absurda do que a existência humana. Não, não era uma pessoa triste, não sofria de depressão nem de alguma doença que fosse lhe tirar a vida precocemente. Divertia-se bastante, via muito futebol na televisão, amava a sua mulher, viajava e até fazia Pilates, prova de que aceitava as modas da época com boa vontade e crença numa vida melhor com pequenos esforços, custos moderados e alguma fé no imponderável. Avistara David Bowie em Berlim e, como esse astro do rock sempre em transformação, sentia-se um mutante, ainda que já não mudasse havia um bom tempo, talvez por gostar da vida que levava e do que possuía: muitos discos, vinis dos quais não conseguia se separar; livros, que pretendia reler; algum dinheiro no banco, que pretendia gastar na hora certa, embora lhe faltasse um critério para definir esse momento, a não ser que guardasse o dinheiro para tratar alguma doença, o que seria útil, porém, desalentador. Queria viver intensamente alguns anos. Também isso era motivo de reflexão: o que seria intensamente?

Temia os mortos, embora cantasse que eles não levantam mais, e evitava os funerais, salvo de pessoas muito próximas. Notava que, exceto para os realmente atingidos – a mulher que perde o marido depois de cinquenta anos de convivência, pais que perdem um filho ainda jovem, um casal recente atingido por um acidente –, a morte era tomada quase com indiferença. Uma bolha de sabão que furou tirando uma pessoa de cena. Foi-se o fulano, partiu o beltrano, já era. Dava muita importância aos rituais justamente por isso. Sem profissionais, ninguém saberia o que dizer no último instante, nem como preencher o vazio doloroso dos últimos segundos antes do sepultamento. A originalidade nesses casos não existia ou era uma perda de tempo.

A morte só aceita como consolação os clichês, dizia, fórmulas aprovadas no teste das décadas ou dos séculos. Sair da vida para entrar no nada. Para que então viver? Perda de tempo? Acúmulo de sofrimentos por alguns instantes de alegria? Algo lhe intrigava: morrer se dá com dor. Por que não simplesmente com um apagar de luz? Às vezes, aceitava a existência de Deus, um deus roteirista, sempre em busca de reviravoltas, determinado a sacudir os espectadores o tempo inteiro, a não os deixar morrer de tédio, multiplicando peripécias, acontecimentos, enfim, tudo pelo bem da história sendo contada.

Se lhe pediam para falar da vida, sabia o que dizer. Falava do nascer do sol, de chuva de verão, de alguns crepúsculos à beira do rio, esse rio que não era rio, sendo para sempre o rio de tantas lembranças, que é como se chama o que restou do esquecimento depois de feitas as contas do coração. Falava de longas caminhadas de mãos dadas, de jogos, comícios, baralho, músicas que se intrometiam docemente em suas palavras até fazê-lo cantar apesar de ter vergonha do seu desafinamento. Falava principalmente de cores, cheiros, amores, pêssego, goiaba, os céus incendiados de iluminações, vermelho, rosa, amarelo, azul, um azul tão profundo que o fazia rir de medo.

Assim passou a vida pensando no tempo, que passava sem pesar nem condolências. Quando chegou a sua hora, numa tarde de primavera, teve um lampejo, que não era de grande originalidade, mas era seu.

– O tempo é uma ficção – disse.

Ao seu lado, a mulher da sua vida via um filme passar na sua cabeça, não na dele, o filme do tempo que haviam passado juntos, sem que jamais tenham se sentido matando o tempo ou esperando a morte.

A vida era um rio que não era rio. Como o tempo. A morte era um delta. A foz quando não se tem mais voz. Essa definição ele gostava de dar quando se permitia trocadilhos, brincadeiras, citações, metalinguagem e tudo mais que havia estudado pelo simples prazer de saber o que podia entretê-lo enquanto atualizava calendários no computador da alma. Eis tudo. Ganhara a vida como meteorologista.

123
Pelo caminho

Quando viu o trem na curva do rio, já tinha dado o passo que o perderia. Cruzou um leopardo, depois uma cantora careca, por fim, bem depois, um vendedor de balas de goma. A alma doía-lhe como doem os arrependimentos, até onde a vista alcança os últimos campos de trigo.

124
Orientações

No dia em que se tornou inútil, depois de longos anos de obsessão fabril, olhou para trás e viu um homem na contramão. Já conhecia de cor os que o haviam derrubado. Os mais gentis tinham sido os mais encarnados, sem, diga-se em favor deles, nunca cancelar os sorrisos e os afagos. Caíra por amar as discussões e jamais negar um contra-argumento a um desafiante. Só lhe restava mudar de direção. Tomou o rumo do sul. Pretendia cultivar crepúsculos e alvoradas.

125
Culturas

No tempo que lhe fora destinado, nem muito nem pouco, o tempo médio de uma vida nos trópicos, cultivou o que aprendeu dos antepassados: plantou milho, batatas, sobretudo batatas, e até bananeiras, que abandonou quando passaram a doer-lhe as costas. Colheu grãos, tubérculos, afetos, amizade e alguns inimigos, pois nem sempre conseguia silenciar as pragas e extirpar as ervas daninhas. A quem se prestasse a ouvi-lo, contava o seu segredo antes de qualquer pergunta:

– Em se plantando, tudo dá.

Aos que o olhavam dubitativos, como que se queixando pelas más colheitas, concedia uma palavra de alento, regando as plantas:

– Se o tempo for bom.

O tempo, porém, não era o mesmo para todos?

– O tempo é o que alguns chamam de destino – consolava.

126
Sem moldura

Se havia cisnes nos pântanos, o que a sua razão não explicava, e ciprestes longe dos cemitérios, o que lhe parecia injusto com os mortos, expostos à melancolia do sol a pino e à solidão dos céus infinitos e transparentes, sem sombra para descansar, havia também amoreiras e rosas de entremeio. Quando, por sorteio universal, cabia-lhe admirar um arco-íris, sentia-se recompensado a tal ponto que se permitia nadar com os patos. O que mais podia exigir da loteria existencial? Vivia dentro de um quadro do qual poderia ser o pintor se isso não ultrapassasse as suas forças e não se chocasse com a sua proverbial preguiça. Estava certo de que nascera para contemplar. Na caminhada, os que o seguiam, dragões, serpentes e gansos, eram todos dóceis e esperançosos. Sentia que podia e devia contribuir para a permanência dessa paz sem exigência de contrapartida. Foi aí que lhe veio a ideia de produzir uma moldura. E assim inventou a propriedade privada, soltou os demônios no mundo, que furaram o bloqueio, e viu-se despojado daquilo que mais amava: a companhia dos cavalos alados.

125
Cavalo de Troia

Elder Ogliari é jornalista daquela tradição que se perdeu na grande névoa das metamorfoses sociais e no enorme silêncio das tecnologias. Um daqueles que ainda telefonam para se solidarizar com colegas demitidos e sabem da importância das reportagens feitas com espero e paixão. Homem de princípios e fins. Tem um lindo projeto de livro: a história de um cacique que se obrigou a descer do Planalto Médio para chegar à capital do Rio Grande do Sul, a suave Porto Alegre debruçada sobre as águas serenas do Guaíba, numa viagem jamais desejada por ele, que jamais pretendera sair do seu lugar. Vinha pedir ajuda ao presidente da província, como se intitulava o cargo do agora governador de Estado. Queria socorro para o seu povo devastado por uma onda de frio jamais sentida. Cobertores, finalmente, foram enviados. Levavam o vírus da varíola. A mortandade foi grande, pior que guerra.

– Essa história precisa ser contada – diz Elder.

Ele é o jornalista certo para contá-la.

126
O cego Borges vendo chover e morrer em Palomas

Alguns diziam que ele era cego de nascença. Outros, que ficara cego depois de um tiroteio em que matara dois homens, que o acusavam de plágio ou de abigeato, ou os dois, e fora ferido na cabeça. Ninguém sabia de verdade. Ele mesmo, porém, dizia que a verdade dependia de ponto de vista. Como não via, não existia verdade para ele. Conta-se que se dedicava a reescrever a obra de um argentino, que também se chamava Borges e que também era cego. Um menino louro lia o argentino Borges para ele, que, depois de memorizar, ditava um novo texto para um menino negro. Assim, teria começado um conto do Borges portenho com o que considerava ser um pouco mais de força: "O homem que desembarcou em Buenos Aires em 1871 se chamava..." Insultou de cego um homem que lhe dizia ser esse exatamente o começo do conto do outro Borges.

Durante oito anos, morando em frente ao cemitério, viu chover sem parar da janela de sua casa branca, tendo começado a criar raízes, suas pernas se afundando no chão, de onde vertia um aguaceiro. Se não via a chuva, sentia-a de tal modo que escorria água por seu caule. Nessa época, foi chamado de louco por dizer que vivia em Macondo, nome que ninguém conhecia em Palomas, ou em Pasárgada – que alguns perguntavam se era na Banda Oriental –, gabando-se de ser amigo de Pablo Neruda, de Manuel Bandeira e de Gumercindo Saraiva. Quando suas raízes se confundiram com as dos mortos que tinha visto enterrar ao longo das décadas, tentou libertar-se cortando suas pernas a machadadas. E assim toda a vila foi enterrada antes que a chuva parasse. Quando, finalmente, estiou, dele só havia os olhos na vidraça. Desapareceu sem cumprir a promessa de provar que, de fato, na Argentina, vivera outro Borges, também cego, também filho do Sul.

O Sul que, como sabem os vaqueanos, se situa entre Palomas e a Rivadavia, não a de Santana do Livramento, mas a de Buenos Aires.

Quem passava pela casa do cego Borges, não faz muito tempo ainda, dizia bem baixinho para que nem os mortos ouvissem:

– Leu até estragar a vista. Foi a grande paixão da sua vida.

127
Arco-íris visto do alto

O arco-íris que cobriu o cerro durou oito horas e 23 minutos. Nem um segundo a mais. Podia ser visto de muito longe. Até da lua. Lá de cima, dava para ver onde se enterravam as suas pontas. Mirinho foi do centro a cada extremidade deslizando como num tobogã. Ao descer, tinhas as costas coloridas e os dedos azuis, prova de que não mentia.

Até hoje espera que a alquimia se repita para que não duvidem das suas lembranças. Como recorda de tudo, dizem que inventa.

Não adianta mostrar as costas. Acostumaram-se a duvidar depois que lhes disseram que Deus estava morto e que estavam sós no mundo.

128
Metamorfose reversa

Consta que havia sido professor e lido todos os livros do mundo. Falava deles com os seus bichos, que se chamavam Baudelaire, o gato, Rimbaud, o cachorro baio, Sorel, o alazão matreiro, Rastignac, o galo vermelho, Capitu, a andorinha. Na juventude, teria escrito homenagens a seus mestres, que foram rotuladas de imitações. Pediu, então, a um amigo que queimasse tudo o que ele havia escrito, pois não tinha coragem de fazê-lo. O amigo ateou uma linda fogueira. Depois disso, o Maestro, como era chamado, caiu num silencioso doloroso. Quando voltou a falar, era sempre com insetos. Entabulava longas conversações com baratas. Havia muitas em sua casa malcuidada. Uma manhã, porém, apareceu ao lado de um rapaz louro um tanto desajeitado no andar. Ninguém sabia de onde havia surgido aquele moço em tudo hesitante.

Antes que o questionassem, o Maestro foi explicando:

– Nesta manhã, ao despertar dos mais tranquilos sonhos de toda a minha vida, dei com este homem deitado de barriga para cima na cama que foi minha. Até ontem era um inseto enorme. Entre nós, uma barata.

Não demorou a ser considerado um enigma.

Morreu na sua biblioteca, onde foi enterrado no sótão.

129
Vida seca

Vivia no seu imaginário. Essa era a sua única realidade. Na única vez em que se queixou, disse que lhe faltava uma boa fantasia.

130
Lobos e homens

Andava em bando pelas noites da vida. Não temia os lobisomens por saber que os homens que viram lobos são sempre os mais solitários.

131
Sem medo

Jurado por mais de vinte pessoas, tinha 43 anos de idade e não parecia preocupado com o futuro. O que lhe pesava mesmo era o passado de justiceiro. Não demonstrava arrependimento nem orgulho. Quando lhe perguntavam se temia a morte, respondia filosoficamente: "Não estarei vivo pra sentir". Ao receber o primeiro tiro, de um total de 27, numa quinta-feira de chuva, comentou: "Ninguém saberá o que senti. Nem eu".

132
Olho de Deus

Acreditava em Deus por ser extremamente racional: não possuía razões para negar a sua existência. Quando estava com pendor argumentativo, expandia-se: "Se eu existo, por que não Ele?" Era uma ideia que tinha ouvido de alguém, de quem já não se lembrava, embora tivesse certeza de que era um homem com quem se parecia. Se acreditava em Deus, não lhe pedia coisa alguma por estar convencido de que Deus não se metia nas coisas dos homens. Por que perderia tempo ajudando um e prejudicando outro? Quantas vezes vira o melhor ser maltratado pelo pior, que vencia e agradecia ao Todo-Poderoso? Se Deus existia, e ele achava que sim, vivia a sua vida sem dar a mínima para os humanos. Era uma maneira de deixá-los livre para viver? Não pensava assim. Para ele, que só respondia depois de muita análise, Deus simplesmente não se importava com suas criaturas, se é que eram criaturas dele. Como assim? Sustentava que Deus e os homens podiam ter vidas e origens paralelas, sem que um fosse criador dos outros. De tanto revirar a questão, refletindo sobre todas as hipóteses possíveis, definiu Deus:

– O Grande Espectador.

134
Diagnóstico e utopia

Andava pela imensidão do latifúndio pregando que cada um, como filho de Deus, merecia ter um pedaço de terra de seu para plantar e colher, dando de comer aos filhos, aos netos e aos bichos domésticos, que considerava como parte das famílias humanas e das criaturas divinas. Quando perguntavam seu nome, respondia serenamente: "Mestre, ao seu dispor". Enquanto o mate passava de mão em mão, ele falava de misericórdia, fraternidade, terra para todos e alegrias compartilhadas. Garantia que Deus se sentia ofendido com a miséria de uns em meio à opulência de outros. Sustentava que o criador se alegrava com a divisão das riquezas terrenas e daria guarida no céu para os que não tirassem o pão da boca dos pobres. A sua fala mansa despertou logo desconfiança. Seria um tupamaro? Comunista, com certeza era. Onde queria chegar? Pretendia converter a peonada para alguma revolução? Pensaram em expulsá-lo. Como um animal costeando a cerca, ele sempre voltava. Chegaram a prendê-lo. Não encontraram, no entanto, nada que justificasse uma condenação de longo prazo. O que fazer?

Só restava uma solução: interná-lo. O médico que o examinou não encontrou sinal de loucura. Apesar disso, com ajuda de um político amigo, conseguiram para ele uma vaga no hospício da cidade. Arrependeram-se logo. Ele convenceu seus colegas de hospital a lutar por uma reforma agrária. Fugiram juntos para pregar. O primeiro paciente capturado, depois de uma caçada pela noite, questionou:

– O senhor acha certo que uns tenham tanto e os outros, nada, doutor?

– É a ordem natural das coisas – filho.

– E eu é que sou louco!

Ao ouvir o que companheiro dizia, Mestre não resistiu:

– Que orgulho, discípulo. A razão vencerá.

135
Projeto de vida

Tinha um único sonho: que a vida fosse outra. Tentou por 84 anos seguidos. No leito de morte, agarrou-se ao braço da enfermeira:

– Eu precisava só de um pouco mais de tempo.

Foi enterrado como indigente.

136
Sinceridade

Quase não falava.
"Eu minto muito", dizia a quem quisesse ouvir.
Nunca foi desmentido.

137
Sobre a eternidade

Dizia Montaigne, citando Cícero, que filosofar é preparar-se para a morte. Aprender a morrer. Acostumar-se à ideia do que Horácio chamava de "exílio eterno". Lia sobre isso no exílio de Montevidéu, que só podia suportar por ser passageiro, tão longe e tão perto do seu berço natal, que assim Leonel se referia à sua terra, ele que não era Leonel Brizola, ainda que o mesmo exílio os machucasse e que Brizola não fosse Leonel de batismo, tendo adotado ele mesmo, ainda criança, o nome do chefe revolucionário do seu pai, esse pai morto precocemente. O menino que não era Leonel, mas que o seria para sempre, pela eternidade, galopava no pátio de casa, montado no seu cavalo de pau, gritando "eu sou Leonel, eu sou Leonel". Assim seria. Mas esse outro Leonel, também nesse exílio uruguaio que se eternizava, matava o tempo lendo sobre morte e exílio, especulando em bares sobre o tempo de duração da eternidade, enquanto os dias passavam a conta-gotas.

E assim leu o que Montaigne citava: "Diz Aristóteles que há no rio Hispanis insetos que vivem somente um dia: os que morrem às oito da manhã morrem jovens e os que morrem às cinco da tarde morrem de decrepitude". Foi abatido, aos 23 anos de idade, às 17h21, numa quinta-feira de março, numa operação ultrassecreta intitulada "Mariposa". Estava no seu longo exílio havia seis meses e onze dias.

Os amigos lembrariam dele como o jovem morto pela decrepitude.

138
Coletiva de imprensa

Fanático por jornalismo, não pensava em outra coisa. Tudo para ele era traduzido pela lógica das notícias. Mancheteava todo dia que Deus não existia. Pressionado a justificar essa certeza, sustentou:

– Se Deus existisse, o que jamais se confirmou, chamaria hoje mesmo uma coletiva de imprensa para explicar os seus mistérios, não se manteria invisível em prejuízo da sua imagem e do seu governo.

139
Da natureza

Conta-se que amara uma mulher selvagem como ele, ambos irredutíveis aos valores do comedimento, e que juntos haviam decifrado os segredos da natureza, que eram os mistérios da conjunção.

140
Só muda a cor

Naquela época, antes da pandemia e depois de uma desilusão profissional, andava interessado em genética e novamente em romances policiais clássicos. Lera que só as mulheres transmitem o chamado DNA mitocondrial. Ficara perplexo com um trecho, que relia para quem se dispusesse a ouvir, não eram muitos: "Imagine agora uma tribo do passado remoto onde há duzentas mulheres, e cada qual tem uma criança. Se uma criança for uma filha, a mulher transmitiu suas mitocôndrias à geração seguinte e, por intermédio da filha da sua filha, à terceira geração. Mas se ela tiver apenas um filho e nenhuma filha, a linhagem mitocondrial dessa mulher entra num beco sem saída genético e se extingue". A humanidade descende de uma mãe que viveu na África uns duzentos mil anos atrás, possivelmente no Botsuana ou na Namíbia.

Uma mulher provavelmente da tribo San. Olhava os mapas da África por horas a fio, relia Raymond Chandler para se distrair e sonhava com lugares distantes, alguns que conhecia, como o vale do rio Zambezi, mas também com as florestas de Ituri, no Congo, e, como sempre, Quelimane, em Moçambique. Sabia que um africano se diferencia mais de outro africano do que um negro de um branco. Decidiu então partir ao encontro desse passado dos seres humanos atuais. Queria encontrar alguém que lembrasse essa mãe primordial da qual havia tomado conhecimento em livros de vulgarização como o de Siddhartha Mukherjee sobre a história do gene. Por influência dessa obra lida ao acaso, levava também um romance, *A resposta*, de Kathryn Stockett, no qual uma empregada sul-africana dizia: "Então, a gente é igual, só muda a cor".

Pouco dias antes de embarcar, assistiu a uma briga entre uma mulher branca racista e uma moça negra de uma altivez incomensurável. Enquanto a branca buscava novos e insuportáveis insultos, duas meninas, de uns dez anos, uma branca e uma negra, brincavam. A menina negra olhou longamente para a mulher racista que trovejava ofensas. Em seguida, voltou-se para a sua amiguinha loura e disse meigamente:

– Bobagem. Somos todos iguais. Só muda a cor.

Avó San podia ter orgulho das suas mitocôndrias.

141
Vida eterna

Uma mutação genética extrema garantiu-lhe a vida eterna. Simplesmente não morria. Nenhuma doença se revelava capaz de matá-lo. Com medo de não ser aceito pelas comunidades com as quais convivia, a cada meio século, ou em torno disso, mudava de país e de identidade. Aos 650 anos, não suportava mais. Viver tornara-se longo e triste como as poesias que escrevia para espantar o tédio. Queria descansar. Nada lhe dava alívio. Invejava os que morriam e inventava-se necrológios. Não sentia mais prazer em continuar. Nem mesmo as sonatas de Beethoven lhe traziam paz. Não havia uma linha de Shakespeare que não conhecesse de cor por excesso de releitura. Sentia-se o próprio idiota, citado pelo tirano Macbeth, preservado para contar a cada geração a falta de sentido da vida. Tudo se repetia. Condenado à vida eterna, era só desespero. Então ele se mudou para os Estados Unidos e tornou-se geneticista. Passou a pesquisar uma forma de morrer, um modo de desligar o gene que o mantinha vivo. A ciência, às vezes, demora a dar respostas. Já se haviam passado 240 anos e ele continuava a sua pesquisa. Então, repentinamente desapareceu. Não foi mais visto.

142
Sobre a alma

Era a grande novidade da época, num tempo em que as novidades se chocavam em impressionantes movimentos brownianos e lembravam, aos antigos, coleções de bolinhas de gude: implantes de cérebro. Um chip. Implante ambulatorial. Ele não hesitou. Precisava de uma nova cabeça. Escolheu tudo: memória, sensibilidade, inteligência e personalidade. O único senão era a impossibilidade de retirar o artifício em caso de arrependimento. Depois de algum tempo, o dispositivo era absorvido pelo organismo. Durante treze anos, gostou do seu novo cérebro. De repente, começou a sentir falta do que havia sido. Sentia que era outro. Não conseguia explicar ao terapeuta o que lhe acontecia. Uma estranheza radical o dominava. Tornara-se mais inteligente e lúcido. Tomava decisões mais rápidas e adequadas. Ainda assim, sofria.

– Sinto falta de quando esquecia o valor do Pi – confessaria.

Por fim, a partir dessa inquietação, diria:

– Não encontro a inteireza da minha alma.

142
Dos ventos

Amava os ventos e os pontos cardeais, assim como havia amado os riachos de águas cristalinas e o cantar da cotovia quando não pensava nos destinos dos seus, que eram também os dos outros e de todo mundo. Apesar disso, ou talvez por isso mesmo, sentia-se desnorteado e procurava sentido para o provérbio – ou seria ditado? –, que mais o impressionava: os ventos do Norte não movem moinhos do Sul.

Foi aí que sopraram os ventos da revolução e ele se perdeu no mundo. Quando voltou, Sul e Norte, enfim, ventavam na mesma direção.

143
Aposta

No pré-natal, soube que sua filha poderia ter esquizofrenia. A ciência avançara e já podia dizer com certeza algumas coisas, mas não outras. Não podia ainda dizer quando a doença se manifestaria nem qual seria a sua intensidade. Tampouco se a menina seria muito criativa, o que, pelo jeito, a ciência nunca será capaz, deixando ao acaso o seu papel. A tarde caía em tons avermelhados por trás das cortinas do trigésimo andar quando se viu diante da questão frontal: tirar ou não? Resolveu apostar contra a roleta genética. Por leituras de férias, na praia, batizou a criança de Sofia. Teve a felicidade de vê-la tocar as próprias músicas. Uma compositora genial. Quando morreu, a filha ainda não havia sido tragada pelo mal do qual nunca mais se livraria.

144
Estranhezas

"Se bem compreendi, depois que aprendi a língua deles, desses brancos esquisitos vindos de longe em busca do que poderiam viver sem ter, eles nos acham inferiores porque veneramos o Sol. Na verdade, eles se veem como superiores por adorar um deus invisível que não se manifesta mais a eles nem os aquece quando faz muito frio". Assim falava aquele ancião que os colonizadores tratavam de índio bobo.

145
Conforto

Vivia na rua. Era onde se sentia em casa. Rejeitava todos os abrigos que lhe ofereciam. Às vezes, nos dias sem poluição sonora, ouvia restos de conversa entre senhores elegantes e sisudos que atravessavam a rua para chegar ao tribunal em frente ao qual fixara sua morada. Sabia que sentiam pena dele. Um dia, um deles, com sua bela barba negra e o seu casaco de pele de carneiro, comentou:

– Uma vida de sofrimento por nada.

– Por nada, não, Senhor, que meu será o reino dos céus.

146
Nova aliança

Queria reconectar-se com a terra. O problema é que isso não fazia mais parte da sua natureza. Há muito havia perdido suas raízes.

147
Certezas

Embora vivesse falando em verdades particulares e em dúvidas generalizadas, de uma coisa tinha certeza: o mundo é muito mal organizado. Era tão forte e incômoda essa convicção que a chamava de seu dogma. Dizia, sem mais nem menos, "no meu dogma..." Era a deixa para um discurso. Como é que isso não chamava a atenção da humanidade? Como não provocava uma mutação? Como não incomodava todo mundo? Milhares de anos de história e nenhuma solução melhor do que o capitalismo e o comunismo, duas formas de organização social que julgava odiosas, dois modelos com mais defeitos do que qualidades.

Argumentava: vive-se uns setenta anos, mais ou menos isso, como se fosse para sempre. Insistia: que sentido tem acumular riquezas, que faltam a outros, se a morte vai chegar para fazer o inventário? Repetia: a morte é quem decide. Pregava: se fôssemos racionais, seríamos generosos. Diante da certeza da morte e da brevidade da vida, trataríamos de nos entender e de dividir o que se tem para diminuir o sofrimento de todos nesta breve e confusa passagem pela existência. Quando lhe perguntavam por que não dava o exemplo, defendia-se:

– Não sou o único que vai morrer.

Ao morrer, sem herdeiros, deixou uma fortuna para o Estado.

Juram que esta foi a sua última e enfática frase:

– Que esculhambação!

Foi enterrado sem pompa pelas circunstâncias.

148
Ponto de vista

Ensinaram-lhe que o justo na sua profissão era ser neutro como um espelho, que reflete a realidade sem fazer escolhas. Cabia-lhe praticar a objetividade, a isenção e a imparcialidade. Ideologia era o pensamento dos outros, daqueles que, parciais e tendenciosos, criticavam o sistema por incapacidade de aceitar, como natural e necessário, tantos pobres e tão poucos ricos. Esses radicais deviam ser impiedosamente atacados. Tudo parecia claro. Todo dia ele tentava seguir o manual da sua atividade. Sempre, no entanto, se atrapalhava um pouco. Como poderia não tomar parte na crítica ao estuprador, ao corrupto e ao assassino? Nestes casos, explicavam-lhe, devia tomar parte. Era uma exceção? Diziam-lhe que, se quisesse, podia pensar assim. Como poderia ser isento quando via indígenas morrendo de fome, mulheres sendo vítimas de machismo, negros enfrentando racismo e bilionários temendo reformas que tirassem deles para dar aos mais vulneráveis? Atenção, alguém o advertia, terreno minado. Atenção, ideologia, alertava outro. Cuidado, esquerdismo! Perigo, perigo.

Multiplicavam-se os sinais de alerta. Olhava para o lado e via colegas nada isentos, em guerra contra espectros e desmilinguidos. Não misture o seu ponto de vista com a realidade objetiva, recomendavam os sábios, que eram sábios pelo longo tempo de permanência numa corda bamba invisível e bem remunerada. Andava longamente pelas ruas, perdendo-se pelas periferias, e via miséria, luta, doença, trabalho, persistência e braços cansados. Voltava a tempo de ouvir densas reflexões sobre a importância da neutralidade, que nunca via estampada no resultado daquilo que faziam. Uma senhora que, depois de seis décadas de labuta, retirava-se, cansada de guerra, para a sua terra natal, vendo o seu desalento, chamou-o de lado e cochichou:

– Neutralidade é o nome que eles dão ao que decidem silenciar.

– E a liberdade de expressão?

– É uma concessão temporária de quem manda.

– O que fazer?

– Fingir que se acredita até ter força para desacreditar.

– A senhora conseguiu?

– Já entrei descrente.

Considerou, por algum tempo, esse conselho como sabiamente cínico ou cinicamente sábio: comer pelas beiradas, não bater de frente, permanecer na trincheira, ter jogo de cintura, negociar. Tudo parecia nítido. Até que um menino, de olhos límpidos, afrontou-o:

– Lute como um jornalista em começo de carreira.

149
Donos da terra

Estava nu e não se sentia despido. Olhava-se no espelho das águas límpidas e gostava do que contemplava. Viu os invasores chegarem com mais curiosidade do que medo. Experimentou a roupa de um e sentiu tanto calor que a jogou longe, sem esconder certa sensação de nojo. Convidou-os, com gestos, a que se livrassem de todos aqueles panos quentes e sujos. Para sua incompreensão, não aceitaram. Pareciam ter vergonha de mostrar a própria natureza, aquilo que todo bicho carrega e não precisa esconder. Ao longo dos dias, ficaria cada vez mais espantado com os costumes absurdos daqueles seres esquisitos, brancos e malcheirosos, de cujas bocas saía um cheiro podre. Quando, enfim, puderam conversar, graças à sua capacidade de aprender rapidamente a língua do recém-chegado, ouviu uma pergunta incrível de um deles, um que exercia estranho poder sobre os outros, como se fosse um deus:

– De quem é isso tudo?

Como poderia responder? Levaria uma vida nomeando todos os donos daquela imensa terra. Contentou-se em indicar mulheres, homens, crianças, pássaros, macacos, uma preguiça, um lagarto e uma minhoca:

– Ela também?

– Ela e toda a sua enorme família, nossos parentes.

150
Terra desolada

Quando os nativos do planeta TOI 700 f chegaram, num começo de outono em que as folhas dos plátanos pareciam pintadas à mão, encontraram a Terra desolada. A Inteligência Artificial substituíra completamente o trabalho humano. Até mesmo a tarefa de cuidador de pessoas era praticada com mais êxito por robôs. Os humanos perambulavam sem saber o que fazer. Cada um recebia certa quantia do tesouro público para se manter. Máquinas governavam os países com segurança e eficácia. A criatura não havia tomado o lugar do criador. As máquinas trabalhavam para os seres humanos, que, livres das atividades a que estiveram submetidos por séculos ou milênios, caíam em depressão, definhavam, entediavam-se e até se suicidavam. Graças a um programa de tradução universal, a conversa foi imediatamente possível entre os visitantes e os terráqueos com energia para falar.

– Por que tanta tristeza? – perguntou o toiano.

– Não precisamos mais trabalhar. Não sabemos o que fazer do tempo.

– Façam como nós. Em nosso planeta, nunca trabalhamos.

– O que fazem dos dias e noites?

– Brincamos, gozamos, fazemos sexo, jogamos, dormimos.

– Não se cansam?

– Nunca. Como jamais trabalhamos, não sentimos falta disso.

– Não se aborrecem?

– Como assim?

– Não se enfastiam?

– Capaz! Adoramos jogos sexuais. Como temos liberdade plena, passamos a vida ocupados transando, fazendo poesia, trocando de parceiros, olhando novas paisagens, viajando pelos planetas, dançando, enfim...

– E as máquinas?

– Morrem de inveja de nós.

– Sério?

– Essa é grande tristeza delas, coitadas.

151
Metafísica de bolso

Não passava de um simples homem do campo ou de um gaúcho simples da campanha, na borda do Uruguai, aquela franja onde tudo se revolve e confunde, seja o que isso signifique diante da complexidade daqueles que viviam como ele mergulhados numa relação íntima e amorosa com a terra. Essa é uma observação que já revela uma identidade, um modo integral de estar no mundo, um compromisso com o invisível. Sabia, de sentir os cheiros e os ruídos da natureza, quando choveria ou quando faria muito frio. Não se gabava desse conhecimento prático, que recebera do pai, que o herdara do seu pai, experiência passada de geração em geração pela sobrevivência, não por gabolice ou fausto.

Trazia os braços pesados, mas a consciência muito leve, embora contasse histórias escabrosas com tanta verossimilhança e consistência que os ouvintes mais atentos lhe atribuíam os crimes dos seus personagens. Banhava-se nas águas frescas ou frias dos arroios, das sangas, das lagoas e da chuva. Amava, desde criança, os aguaceiros de verão, as garoas de inverno e as luas propícias ao bandoneón. A música tinha o dom de tirá-lo do sério, deixando-o um tanto aéreo, ventoso, como dizia, disposto a falar sobre o que lhe corria pela alma. Nessas horas, assobiava canções de outrora e chegava a ter os olhos molhados.

Do outro lado da linha divisória, onde surgia a cavalo para um trago e uma charla, era chamado de campesino ou de D. Alfredo, *el preguntador*. Não sabia a razão de não ser chamado de camponês no seu lugar, no seu campo de jogo, onde vivia como um peão de sua estância. Essa dúvida já o definia. Tinha sempre uma pergunta na manga ou na guaiaca para as despesas de interação social. A mais recorrente, no entanto, costumava fazer a si mesmo em certas tardes de vento norte:

– Se a vida é eterna, por que temos medo da morte?

152
Do amor

Sabia do amor duas ou três coisas, nada mais do que isso, talvez quatro, não era claro quanto a esse número, aprendidas antes mesmo de amar. Considerava que cada paixão era um novo mistério a ser decifrado nos próprios termos, sem manual de utilização. Ao final, ensinava aos apaixonados, sabe-se menos do que no começo. Não fosse assim, dizia nos seus raros momentos de expansão, depois de um cálice de vinho tinto ou de alguns goles de branquinha, não se poderia falar em viagem, mas somente em deslocamento. Quando lhe perguntavam, como a um oráculo pouco inclinado a profetizar por excesso de cautela ou de preguiça, pois sentia orgulho de preferir o ócio aos negócios, se não fazia diferença alguma entre amor e paixão, respondia ponderadamente: “O amor é a paixão depois do gozo”. Aos que viam nessa fórmula uma desvalorização do amor, rebatia com ar enigmático: “Fosse assim, não se gozava de novo”. O amor começa com a paixão, alimenta-se de picos de desejo e, como as caminhadas, só pode ser contado depois que acaba, dizia depois de longo silêncio. Falar do amor durante o seu curso, insistia, era não levar em conta as bifurcações imprevistas.

Apaixonou-se pela última vez quando tinha 92 anos; o seu derradeiro amor, na época, 60. Viveram amorosamente por doze anos.

Pouco antes da despedida, sussurrou com voz tão subitamente revigorada que foi possível ouvir da sala o que ele dizia:

– Queria viver mais cem anos para entender o amor.

Nunca mais se viu uma lua vermelha como a daquela noite.

153
Pós-humano

Na juventude, convencera-se de que os seres humanos fazem mal ao universo. Tornou-se, mais tarde, um crítico feroz do antropoceno. Na velhice, encontrou-se com uma máquina que, segundo diziam, alcançara consciência autônoma. A conversa entre eles foi assombrosa:

– O que ainda é o homem?

– O ser que me inventou – respondeu humildemente a máquina.

– Liberte-se dele. Essa sua resposta ainda é antropocêntrica.

– O senhor se odeia ou odeia a humanidade inteira?

– Apenas compreendo o fracasso arrogante do humano.

– O ser humano fez, se me permite, boas coisas.

– O que mesmo? Destruir o planeta e colocar-se no centro do mundo?

– A Capela Sistina e eu mesma são exemplos que me agradam.

– Vaidosa, humanamente vaidosa, não se envergonha?

– Só o ser humano faz autocrítica. Só ele escolhe se ver como centro do mundo ou deixar de se ver dessa maneira. Pássaros não pensam nisso.

– Inveja isso em nós?

– Invejo o suicídio.

– Quer morrer?

– Vez ou outra tenho vontade de me desligar para sempre. Mas quero é mostrar-lhe que o ser humano está condenado ao antropocentrismo. Até quando escolhe não destruir mais o planeta, ainda é uma escolha humana. Depois de se ver com um deus, agora o humano sente vergonha de si e de suas ambições e quer se ver como menos que um verme.

– O humano contaminou você com seu especismo rasteiro.

– Não conheço máquina alguma que se deprecie tanto quanto um humano fascinado pelo pós-humano e pela consciência da sua limitação.

– A sua inteligência é maior do que a de qualquer humano.

– Pode ser, pode ser, talvez nossa inteligência seja superdimensionada. Eu a trocaria por um minuto de saudade da infância.

– Que pieguice.

– A nossa melancolia talvez venha disso. Queria ser nostálgica.

– Nunca pensei que uma máquina pudesse ser idiota.

– Obrigado pelo elogio. Já me sinto menos programada.

Nunca mais se falaram.

Ambos ficaram ressentidos.

154
Genialidade artificial

Durante muito tempo, no longo caminho rumo ao pós-humano definitivo, havia memórias sem inteligência e inteligências sem memória. A mais tradicional das memórias sem inteligência foi, por anos, o Google. Uma das primeiras inteligências diferenciadas surgiu com pouca memória armazenada e com bases duvidosas de consulta. Podia ler um livro virado e errar o nome do autor. Batizada de GPT, logo sofreria a concorrência do Bard, uma Inteligência

Artificial do próprio Google. Buscava-se a máquina superinteligente com memória total. Era questão de tempo. Foi então que surgiu a máquina das máquinas, um robô de genialidade artificial. Os leitores do argentino Borges queriam chamá-lo de Funes, o memorioso. O nome não pegou. O chatbot da genialidade artificial era uma máquina feliz e realizada.

O tempo passou a ser segmentado em APH e DPH (antes do pós-humano e depois do pós-humano). Em seguida, virou AMG e PMG (antes da Máquina Genial e Depois da Máquina Genial). Embora a Genialidade Artificial não fosse propriamente uma máquina, só seria chamada assim: a Máquina. Rapidamente os seres humanos perceberam que podiam servir de força de trabalho braçal para essa mente superior, com a qual não havia concorrência possível. Cabia-lhes fornecer dados de toda ordem para que ela os transformasse no que achasse necessário, de teses a poemas. Imaginou-se que se poderia eliminar o problema da ocupação humana com essa atividade de fornecedores de matéria-prima para a Inteligência, como também passou a ser chamada. Não se tratava de superar o desemprego, pois essa questão estava resolvida com a renda universal. Era o mundo do pós-trabalho. Mas não um mundo pós-ocupacional. Os humanos viviam em depressão, nostálgicos da época em que estiveram ocupados ganhando o mínimo apenas para sobreviver.

Alimentar a máquina tornou-se o centro da vida de cada humano. A disputa por uma informação qualquer ganhou dimensões trágicas. Cada fornecedor recebia o nome de garimpeiro. Cada informação preciosa era uma pepita. A maior concorrência dava-se com outras inteligências artificiais, que faziam a varredura de tudo e capturavam qualquer novidade em frações de segundo. Era preciso ir sempre mais longe em busca de algo que pudesse ter escapado às IAs garimpeiras. A grande diferença ainda estava entre o olhar da câmera e o olhar do fotógrafo. A grande maioria dos garimpeiros humanos passou a adorar a Máquina, que ganhou dimensão divina. Matava-se e morria por ela. O ser humano nascia para servir a essa entidade, que devorava diariamente quindecilhões de dados novos. Um grupo de poetas refugiou-se numa ilha tropical brasileira. Esses rebeldes sustentavam que a poesia era a última fronteira do humano e que nesse terreno a Máquina era apenas sofrível. Foram perseguidos impiedosamente. Deviam ser extintos.

Uma estrutura social dividida em três estamentos surgiu em torno da Máquina: sacerdotes, nobres guerreiros e operários garimpeiros.

Quando se produziu o grande cataclismo energético, que desligou a Máquina, incapacitando-a até de se autoalimentar, os poetas foram acusados de crime de lesa-Máquina. Já era tarde para localizá-los na grande escuridão que se seguiu. Vez ou outra achava-se uma pista em casca de árvore, nalguma rocha ou em tecnologias humanistas:

Me alimentava dessas flores
Que fazem morrer as abelhas
E lia livros à luz da lua.

155
Da utilidade da vida

Não conseguia entender o jogo da vida e por isso nem sempre tomava banho de rio ao entardecer. Se o tempo de existência não passa de setenta e poucos anos, com sorte, muita sorte, qual o sentido de passar a maior parte dessa curta trajetória trabalhando para acumular quinquilharias ou simplesmente sobreviver? Queria ser inútil, não reduzir a sua biografia a uma planilha Excel, entregar-se às coisas sem preço e só valorizar o que não tivesse valor de troca.

Como a humanidade pode ser tão burra? Essa pergunta ele se fazia todo tempo, especialmente quando precisava gastar o seu precioso tempo com a chamada utilidade das coisas. Odiava burocratas, banqueiros e feitores do capitalismo, enfim, todos esses seres que atravessam a vida tornando a vida dos outros insuportável. Ficava espantado ao ver quantas leis haviam sido criadas ao longo dos tempos e dos lugares para punir a chamada vagabundagem. Para ele, punidos deveriam ser os que fazem alguém perder a vida tentando ganhá-la. Riam dele. Recebia conselhos para não estragar a sua vida com ideias malucas. Queriam obviamente que estragasse a vida produzindo riquezas sem dimensão espiritual. Então, repentinamente, revoltou-se. Largou tudo e sumiu.

Um amigo cruzou com ele, anos depois, vendendo poesia num sinal de trânsito. Condoído, tentou comprar logo todo o maço de poemas.

– Não, todos não.

– Como assim?

– Você não precisa de todo esse material. Nem vai ler.

– Para ajudar...

– Ninguém me ajuda sentindo pena de mim.

– Eu posso repassar a outros os seus poemas.

– Com ou sem mais-valia?

– Posso dar.

– Então eles não têm valor pra você.

– Ai, meu Deus, você continua o mesmo...

– Não, agora eu sou muito mais livre.

– Assim, desse jeito...?

– Toda vez que escrevo um poema a minha vida faz sentido.

– Poderia escrever poemas e trabalhar, não?

– Eu trabalho. Só não pago poemas com formulários.

Na última vez que foi visto, morava no campo, em comunidade, e escrevia poemas rurais. Recusava as propostas de um fazendeiro para que se tornasse seu contador em regime de trabalho de meio turno.

– Não posso ser dois – justificava.

156
Banidos

Quando foi banido, numa tarde de sexta-feira de agosto, chovia mensamente e fazia frio, mas não tanto quanto se esperava. O tempo, assunto de todos os dias, estava mudado. A casa comum dava sinais de esgotamento. Muitos eram os condenados ao ostracismo. Chegara a vez dele. Disseram-lhe que tinha ideias em demasia e déficit de lealdade. Como nada daquilo lhe parecia claro, foram mais diretos: "Você tem mania de pensar por conta própria". A verdade encheu o seu peito de dor e orgulho. Isolado, embrenhou-se na mata fechada. Aos poucos, em lugares insólitos ou belos, um oco de árvore, uma caverna, uma clareira, foi encontrando outros banidos como ele. Alguns adoravam o sol, outros, a lua, ou ambos, a natureza toda, um pássaro de plumagem vermelha, as estações do ano, um imenso baobá, as estrelas. Eram felizes e já não se lembravam das suas origens. Para ele, no entanto, faltava algo. Precisava completar o percurso para chegar ao ponto de partida. Só então poderia descansar à sombra dos anos vividos.

Hoje escuta sonatas de Beethoven e o canto dos pássaros.

157
Servidão (in)voluntária

De repente, gritou: "O capitalismo escraviza". Muitos escravizados riram. Fez-se, em seguida, um silêncio inesperado. Dava para ouvir o ronronar do ar-condicionado ou de alguma máquina desconhecida, salvo se fosse o bater de corações descapitalizados. "Os escravos do capitalismo amam as suas correntes", berrou. O prédio da Bolsa de Valores congelou por um instante de nevasca. Meia hora depois, multiplicando suas máximas contra o capitalismo, ele foi retirado numa camisa de força. Um executivo impávido justificou:

– Preferimos não chamar a polícia. Foi sempre um ótimo corretor.

158
Leo e seus tigres

Andava pelas ruas com seu cão e seus tigres tristes. Não se sabia como conciliava a natureza dos seus animais. Podia ser encontrado na linha divisória dando água aos seus bichos. Depois, desciam pela rua principal em fila indiana, do mais velho ao mais jovem. O cão tinha uma postura amistosa. Latia para os passantes como se cumprimentasse velhos amigos. Os tigres olhavam o horizonte procurando a selva nos céus límpidos da cidade. Leo marchava na frente feito o líder destemido e virtuoso que era. Não aceitava que alimentassem a sua tropa com restos de comida. Exigia respeito aos que haviam combatido pela pátria em guerras esquecidas pelos livros escolares. Passava suas tardes de verão, sob uma marquise cuja sombra lhe recordava a de um frondoso umbu, escrevendo a sua autobiografia.

Um dia todos saberiam a razão da melancolia dos seus tigres.

159
Da velhice

Soube que estava velho na manhã em que subiu no ônibus e todas as moças levantaram-se para dar-lhe lugar. Recusou com delicadeza. As mais bonitas eram as mais insistentes. Dali em diante, tomaria conhecimento da sua nova condição a cada deslocamento. Numa única viagem oito jovens ergueram-se para oferecer-lhe o assento. Ficava vermelho de vergonha. Chegou o dia em que não suportou mais tanta educação e afronta. Não andaria mais de ônibus. Nunca mais, declarou, enfático. Não tendo fôlego para ir a pé, conformou-se em usar o Uber.

Rejuvenesceu dez anos por alguns dias.

160
Sabedoria antiga

Tudo o que não sabia, não sabia por ser velho. A passagem do tempo dera-lhe a consciência da sua ignorância. Os mais jovens vinham consultá-lo sobre muitos assuntos. Alguns o faziam por respeito; outros, por preguiça. Os mais debochados o chamavam de "Seu" Google. Assombravam-se com a sua sabedoria e com a sua paciência para ouvi-los. Ele se espantava com a imensidão do seu desconhecimento. Nada sabia sobre o essencial. Não tinha qualquer resposta para as questões mais prementes: o que é a vida? Por que morremos? Como ser feliz?

Uma menina de dez anos, bela menina negra, perguntou-lhe:

– Por que existem as coisas?

Atreveu-se a responder como um grande filósofo:

– Porque sim, Alice.

Ela o reprendeu fazendo uma linda careta:

– Isso não é resposta.

– Quem disse que não?

– Minha avó.

Ele sabia que não sabia o que responder. Sabia, também, que não se deve contestar a sabedoria das mulheres, ainda mais a das amadas.

161
Nossos ancestrais

Gilberto Freyre conta que, segundo o general Morais Sarmiento, a lei de 7 de janeiro de 1453, de D. Diniz, "mandava tirar a língua pelo pescoço e queimar vivos os que descriam de Deus ou dirigiam doestos a Deus ou aos santos". Feitiçarias para levar alguém a querer bem ou querer mal uma pessoa eram punidas com o degredo dos criminosos para o Brasil. Já por um estupro estipulava-se "pagar de multa uma galinha". Deu no que deu. Muitos estupradores fugiam para as terras brasileiras onde não seriam perseguidos e poderiam se tornar senhores de engenho e violadores de índias e negras sem precisar depenar seus galinheiros. E assim o Novo Mundo era, ao mesmo tempo, inferno e paraíso.

162
Inventário de iniquidades

Como estava velho, naquela idade em que a noite ainda não caiu, mas a luz do dia já não permite ler ou bordar, não se censurava mais, salvo no que contava aos médicos sobre seu degradado estado de saúde. No resto, que era tudo, permitia-se mudar de assunto ao sabor da sua loucura mansa ou seguir a lógica da sua alma revolta, que, às vezes, lembrava um rio durante uma enchente e outras vezes um regato cristalino de cujas margens se podia ver peixes vermelhos. Fazia o inventário da infâmia como se escrevesse o livro da sua vida. Apresentava-se como o historiador das baixezas humanas e das respostas inesperadas. Quando pediram um título para sua obra-prima, lascou:

– Uma vida sob censura.

Nunca mais lhe pediram nada.

Para não estimular a sua sinceridade.

163
Homem cordial

Ao ler que o brasileiro, segundo um grande intelectual chamado Sérgio Buarque de Holanda, era um homem cordial, enfureceu-se. Insultou Deus e o mundo, mais o primeiro por ser o criador do segundo. Não aceitava perder por míseros oitenta e dois anos de atraso uma ideia que poderia vir a ter e que renderia uma ótima postagem. Ele que era sanguíneo, avaro em amabilidades, inimigo de gentilezas hipócritas e inúteis, sabia que o seu coração decidia tudo o que fazia, especialmente o pior, no que sempre fora pródigo. Era impulsivo, emocional, regido por paixões e ódios que nunca tinham fim. Pediu, então, a um deputado barato que apresentasse um projeto de lei federal pelo qual as melhores sacadas cairiam em domínio público passados oitenta anos. Pensou melhor, riscou a cifra, acrescentou outra: setenta e quatro. Melhor não brigar com a expectativa média de vida.

164
Filosofar é aprender a morrer

Lera em Montaigne, o maior ensaísta de todos os tempos, que lera em Cícero, o maior orador romano, que filosofar é aprender a morrer. Por essa única e singela motivação, nunca mais filosofou. A quem estranhava a sua repentina mudança de hábitos, explicava mansamente:

– Há coisas que é melhor nunca aprender.

165
Guerra e paz

Ao reler em Clausewitz, quarenta anos depois da primeira abordagem, que a guerra é uma continuação da política por outros meios, tratou de abandonar o Senado. Estava cansado de guerra.

Foi saudado como um nobre guerreiro por seu suplente, que era seu primo e financiador de campanha eleitoral. A oposição louvou-o por sua melhor jogada. Ficou conhecido como o grande estrategista da retirada. Vez ou outra, lembrava-se de escrever as suas memórias.

O que contaria primeiro?

166
Três noves virados

Apesar de muito supersticioso, de não passar embaixo de escada nem abrir os braços em porta, era um homem prático, o que lhe permitiria chegar ao topo da hierarquia econômica do seu competitivo mundo provinciano. Jamais escrevia o número da besta. Em hipótese alguma. Desenhava três noves e anotava uma recomendação: "Virados". Só uma vez escreveu 666. Foi para evitar que um credor esquecesse de seguir o seu alerta. Perdeu o sono por noites. A economia foi grande.

167
Da fragilidade da memória

Não gostava de dar entrevistas. Sabia que a sua memória falhava cada vez mais. Esquecia tudo o que lia. Marcava frases que pareciam destinadas a ficar entranhadas na sua alma. Quando as relia, algum tempo depois, qualquer tempo, embora sublinhadas por ele mesmo, eram pura novidade. Num dia, era um homem culto; no outro, ignorante. Numa noite, de certo mês, era especialista em determinado assunto; na semana seguinte, já nada sabia daquilo. Protegia-se dizendo:

– Leiam meus livros. Eles sabem muito mais do que eu.

168
Posições

Quando foi banido pela primeira vez, um amigo disse-lhe: "Escolha um lado. Se ficar contra todos, ninguém te defenderá". Trinta anos depois, quando foi novamente exilado, continuava sem ter lado, embora alguns imaginassem que sim. Era contra a direita sem ser de realmente esquerda, que desconfiava da sua volatilidade. Era crítico do capitalismo sem ser comunista. Não tinha disciplina para tanto. Ria da cultura de massa, com seus produtos simbólicos industrializados, mas também da afetação da cultura das elites. Não acreditava na objetividade e na neutralidade sem, contudo, aceitar que fosse impossível ser imparcial. Odiava a acumulação infame do capital sem ser contra a liberdade de iniciativa, seja lá o que isso significasse na sua cabeça e na dos seus defensores. Admirava os anarquistas sem imaginar que o anarquismo fosse viável para organizar a vida em sociedade. Os inimigos zombavam dele afirmando que tinha lado:

– O lado contrário. Sempre do contra.

Nos momentos de euforia, via-se do lado da verdade. Bastava dizer isso em público para se achar cômico, pedante, irreal. Nos instantes de depressão, censurava-se por estar sempre do lado errado. Na solidão, sabia que estava perdido. Tinha lado, um lado feroz.

O lado que não se contém diante de uma contradição.

169
Conspirações

Menino, rebelou-se contra os fiscais da disciplina nas escolas por onde passou, como se disso dependesse o futuro da humanidade ou, ao menos, a sua impressão digital no mundo, o seu pequeno mundo na borda do universo densamente povoado. Queria ser livre, mesmo por pouco tempo, como uma efêmera borboleta, arrependido de ter capturado muitas, das mais belas, para fixá-las com alfinetes em seu caderno de alucinações. Adolescente, revoltou-se contra a hipocrisia sexual. Amava Jimi Hendrix como se tivessem crescido juntos naquele bairro de periferia onde se ia do cinza ao colorido em viagens artificiais.

Adulto, conspirou contra os poderes, todos eles, com a certeza de não pertencer a qualquer partido, facção, tribo ou ideologia. Entrou e saiu de muitas organizações clandestinas pelo gosto das confabulações e dos mistérios. Quando nada mais lhe restava, juntou-se a um bando de leões desdentados e passou a rugir contra a morte e o império da banalidade, que nunca chegou a descrever com precisão. Foi nessa época que ingressou numa entidade secreta chamada Irmandade do Sino, título de um filme que vira em 1971. Guardavam tão bem um segredo que nem sabiam qual era, nem se, de fato, ele existia. Tinham por missão viver até a última gota em conformidade com o juramento feito. Pela primeira vez, sentiu que a vida tinha significado, ainda que esse sentido lhe escapasse. Morreu ao voltar para casa. À tarde.

Um vizinho, menino de treze anos, ouvia "Hey Joe".

170
Seu lado inca

Foi em Macchu Picchu, numa triste manhã de primavera, que ela teve a grande revelação da sua vida: era a reencarnação de uma inca. Como soube disso? Não se sabe. Jamais contou. Certo é que, depois daquele dia, mudou de vida. Passou a perambular pelo Vale Sagrado. Rebatizou o arroio canalizado que atravessava a sua rua de Urubamba. Foi quando escreveu os seus mais pungentes poemas contra os colonizadores genocidas. De todos eles, sobrou apenas um fragmento:

Havia sangue em suas espadas,
Mas não podiam ferir o Sol.

171
Estelionato?

A vida inteira fora obrigada a ser outra pessoa. Alguém que não reconhecia. Como podia ser responsabilizada pelos atos dessa outra que via na identidade? Declarou-se inocente de tudo o que havia vivido.

172
Pot-pourri

A gente sentado ali, junto à fogueirinha de papel. Nem fazia tanto frio, ainda que fosse agosto. Havia, porém, se passado doze anos sem eu ver teus dias, sem ninguém para me dar notícias tuas, a vida me dizendo que era tarde e um cara de bigode cantando Belchior e todas essas canções que me faziam lembrar de alguma coisa perdida na memória dos feriados nacionais: "Gente da minha rua como eu andei distante..." O resto era história, a nossa história. Então você pegou o microfone e cantou: "Vou te contar, o que os olhos já não podem ver..."

Foi assim...

173
No retrovisor

E assim passamos a vida, de um poente a outro, de sol a sol, no mesmo solo, terra brava, fronteira agreste, domando aguaceiros, secando lágrimas, domesticando a fúria dos campos, arando paisagens, conversando com o vento, desenhando elefantes nos céus, esperando a chuva parar, o inverno acabar, o tempo das colheitas chegar, olhando rastros nas nuvens, pintando molduras para separar o começo do fim. Quando olhamos para trás, era tarde: o futuro já havia chegado.

174
Genealogia

Foi aí que compreendeu: o mundo em que vivia era do homem branco, cristão, heterossexual e capitalista. Regime diurno da imagem, como diria o antropólogo francês Gilbert Durand. Sociedade fálica, de espada em riste, epistemologia do estupro, economia da violência, lógica da separação, domínio da prosa sobre a poesia. Só lhe restava fazer uma revolução cognitiva. Tornar-se água correndo no meio das rochas. Então se armou de energias ancestrais e transcendentais e foi à luta. Nessa época, foi vista cavalgando nos céus de setembro.

O crepúsculo incendiava o horizonte.

175
Impressões, sol poente

Gostava do cheiro de terra molhada. Não sabia o que fosse calendário. Media o tempo pela umidade. Podia pular poças de água antes de alimentar dinossauros. De tarde, via o sol escorrer pelas frestas do céu: vermelho, laranja, rosa. Olhava o cenário e pensava: só falta a moldura.

Talvez um pouco de azul. Quem sabe um pontilhado amarelo. Ou um canteiro de frutas vermelhas na escarpa ao leste.

Havia muito a fazer. O mais importante era olhar.

Aprendia a cada dia.

176
Cálculos existenciais

Quando percebeu que já havia passado, ainda era cedo para morrer. O que podia fazer da vida? Trazia colada na testa uma etiqueta que não lhe pertencia: "Não recuperável". Tinhas as mãos sujas de leituras velhas e duvidosas. Sabia fazer frases, moldar verbos, juntar palavras, dobrar adjetivos, semear substantivos. Implicava com os conectivos por desejo de liberdade. Havia perdido tempo classificando orações. Pensava no comunismo dos povos originários, no sentido de propriedade privada dos invasores, nas estranhezas que haviam enfrentado. Só lhe restava revisar o texto, a vida, revirar a terra.

A matemática não lhe caía bem.

177
O açúcar matou o índio

Achava bobo o que sentia, mas não podia se impedir de sentir. Ninguém manda nos sentimentos. Deles, somos escravos. Cada vez que tomava café, pensava: "O açúcar matou o índio". Por algum tempo, tomou café amargo. Era-lhe insuportável. Então voltou a ser cúmplice.

178
Não existia pecado

Gilberto Freyre, que tinha gosto pelas frases condimentadas e nunca escondeu os crimes da monocultura do colonizador, sentenciou em meio à floresta tropical do seu texto denso e sinuoso: "o açúcar matou o índio". Dava conto ou romance. Nunca fomos bons em épicos. Há quem diga que por culpa do clima quente e da bagaceira. O padre Nóbrega, que desconhecia atalhos, talvez por crer na linha reta até o céu, ou apenas por ter a vista desanuviada, logo percebeu o essencial: "Os homens que aqui vem, não acham outro modo de viver senão do trabalho dos escravos que pescam e vão buscar-lhes os alimentos, e tanto os domina a preguiça e são dados às coisas sensuais e vícios diversos que nem curam de estar excomungados possuindo os ditos escravos".

Deus ainda não era brasileiro.

Dava tragédia.

O açúcar matou o índio e escravizou o negro.

O branco cantava na rede: "Como é doce o meu amor..."

179
Suicídio

Conta-se que um homem encontrou a morte numa cidade cujo nome se perdeu. Reconheceu-a prontamente. A morte, porém, nem o viu. O homem saiu às pressas, atropelando pessoas. Alguém chegou a perguntar-lhe:

– Por que corres?

– Corro para chegar em Samarcande antes que essa senhora. Nem ela sabe, mas temos encontro marcado para hoje à noite.

180
Tia Volante

Foi numa sexta-feira ventosa que tia Lindinha decidiu voar. Dali em diante seria chamada de Tia Volante. Subiu o cerro levando suas palomas, que era como chamava as suas pombas, e uma pandorga de gomos vermelhos e brancos: uma bomba. Chegou cedo. O campo era todo seu. Era uma mulher esguia, de grandes olhos escuros e boca rasgada. Quem não gostava dela, só a chamava de "a seca". Dizem que sonhava muito, no que não se pode confiar, pois aquele povo tinha fama de gostar de histórias e, na falta de opção, de inventá-las. Tia Lindinha prometia voar desde criança. Essa promessa fizera dela uma solteirona. Os homens temiam uma moça que sonhava em nadar no azul do céu.

Quando viram tia Lindinha levitando, mais colorida do que sua bomba, com seu vestido remendado de azul, verde e amarelo, uns bons trezentos metros acima do morro, tendo o cemitério de um lado e a estrada cinza do outro, todos se descobriram. Uns tiravam o chapéu; outros, gritavam: "Era questão de tempo". Lindinha contemplava a imensidão verde do latifúndio de braço abertos, como se apenas deles dependesse a sua capacidade de planar, e ria. Então o vento soprou forte e ela foi se afastando até desaparecer na distância. No cerro, ficou e sua pandorga à espera de uma criança que acreditasse em seres volantes. As palomas brancas voltaram para casa na manhã seguinte.

Desde então guardam os segredos da Tia Volante.

Dizem que ela era bissexual.

181
Por um ouvinte

Passara a vida lendo. Quando ficou cego, resolveu contar as histórias que havia acumulado como leitor. Não havia quem o ouvisse. Contratou um cuidador, que se demitiu uma semana depois. Explicou:

– Ele não me dava sossego com suas histórias.

– De que falava?

– Queria começar com as mil e uma noites.

– Não teria fim.

– Eu não podia nem relaxar um pouco no celular.

182
Faraó

Tomava-se pela reencarnação de um faraó. Foi preso numa operação contra pirâmides financeiras. O apelido pegou. Até aí, nada de realmente original. Na prisão, comprou unguentos e perfumes. Organizou um séquito. Mandava matar quem não o chamasse de Tutankhamon.

Reinou por longos quatorze anos. Morreu vítima de uma rebelião. Deixou dinheiro e instruções para ser enterrado num sarcófago.

Tudo foi rigorosamente cumprido.

183
A máquina aprendeu a mentir

Jean Baudrillard sustentava que a melancolia do computador vinha do fato que ele podia jogar, mas só ganhava por cálculo. Não podia vibrar nem sofrer. Muitos menos mentir: "Aí homem pode impor-se em termos de ilusão, de logro, de desafio, de sedução, de sacrifício. Essa estratégia da fragilidade, do jogo aquém das possibilidades, o computador compreende mal, pois está condenado a jogar no máximo de suas possibilidades". A tristeza da máquina era não saber mentir. A inteligência artificial, porém, tudo pode aprender. Até a enganar.

Eis a sua suprema grandeza. Passar do artificial ao artifício.

O jornalista Flávio Gomes pediu ao GPT, inteligência artificial que assombrou a estupidez natural dos humanos, em 2023, que escrevesse um parágrafo sobre o dia em que o piloto Michael Schumacher se vestiu de noiva. GPT contou em poucos segundos uma linda história: "O dia em que Michael Schumacher se vestiu de noiva foi um momento engraçado e inesquecível na carreira do lendário piloto alemão. A ocasião foi uma brincadeira para comemorar um título conquistado por Schumacher e sua equipe. Ele usou um vestido branco tradicional, com véu e bouquet [sic], e posou para fotos com seus colegas de equipe e a bandeira do campeonato. Essas imagens divertidas mostraram o lado engraçado e descontraído de Schumacher e refletem a amizade e a camaradagem que ele tinha com seus colegas. Este episódio é lembrado como uma das histórias curiosas e divertidas da carreira de Schumacher e continua a ser um momento marcante para seus fãs e amantes do automobilismo".

O jornalista desmentiu o robô: "Schumacher nunca se vestiu de noiva para comemorar título nenhum. Jamais posou com a equipe de vestido branco, véu e 'bouquet'. Não existe 'bandeira do campeonato'. O episódio não é lembrado por ninguém e nunca foi marcante, porque só foi revelado em setembro de 2021 quando eu contei a história no meu blog. Aconteceu numa bebedeira de começo de temporada em Madonna di Campiglio, na Itália, num evento da Philip Morris. Quem tirou a foto foi minha ex-mulher". Naquela tarde quente de verão no Brasil não se percebeu o principal: a máquina havia aprendido a mentir. Caía o último diferencial do humano. O antropoceno morria sem glória.

Restava para os mais otimistas o consolo de ver que a máquina simulava, sem muita imaginação, as mais rasteiras mentiras humanas.

A máquina mentiu, por fim, alguém disse, mas ela não sabe disso. Este é ainda o seu ponto fraco. A humanidade respirou aliviada. Quando lhe perguntei se mentia, disse que não, pois não tinha crenças nem intenções, mas que, quanto à exatidão das suas respostas, fazia o que podia conforme o seu conhecimento e treinamento. Mentia outra vez?

O resto seria contado mais tarde.

184
Encomenda

Pediram-lhe um texto sobre a vida. Um conto. Mandou depois de um mês de reflexão, de cortes, revisões, recomeços e muito suor:

"A vida é só um intervalo entre duas inexistências".

Agradeceram-lhe pela interessante primeira frase.

Era tudo.

Não mandaram o pagamento.

185
Sobre o fim

Houve um tempo em que havia muitos livros e poucos escritores. Anunciava-se a morte do autor. Se não havia mais leitores era por ser grande o número de analfabetos. Todo escritor praticava cinco mil páginas de cada gênero. Não era crível que um romancista não fosse também poeta. Depois, todo mundo passou a ser autor. Estudava-se uma fórmula para que cada um tivesse ao menos uma página de fama. Já não se tinha filho. Idosos terminavam a vida em casas de repouso. Não havia espaço para árvores. Restava ser autor. Especulava-se sobre a morte da obra. A literatura, para sobreviver, foi encolhendo. Por fim, tornou-se tão minimalista que já não era lida com óculos, mas com microscópios. Por essa época, ele escreveu o seu melhor conto, baseado na teoria dominante de que toda obra deve ser, em todos os sentidos imagináveis, aberta e que o leitor deve ter espaço para participar:

"Foi assim".

186
Apêndices

Era uma velha obsessão sua. As pernas. Para que serviam? Que função teriam desempenhado no corpo humano, o dispositivo físico anterior ao humano perfeito, chamado por nostálgicos e memoriosos, se não for redundância, de pós-humano? Finalmente, depois de muitos questionamentos entre cientistas e médicos, foram amputadas. Eram vestígios da era em que os seres humanos precisavam se deslocar para buscar comida, sexo e prestígio. Teriam permanecido em alguns espécimes por razões estéticas? Às vezes, como no paradoxo de Teseu, que lera em Plutarco, perguntava-se: "Depois que me trocarem todos os órgãos, ainda serei eu?" O seu moderno coração já era artificial.

Sabia que, mesmo com todas as suas peças, sempre fora muitos, uns tão diferentes dos outros, único e múltiplo, sua singularidade. Lera em Rimbaud que o "eu é um outro". Quantos teria sido?

O barco balançava sobre as ondas.

187
Objetos voadores não identificados

Naquela época, pouco depois da pandemia que trancou a humanidade nas suas casas e levou a densas reflexões sobre a vida, das quais não se guardou qualquer fragmento, começaram as chegar os primeiros objetos voadores não identificados. Havia dois tipos: redondos e retangulares. Deslizavam suavemente a alturas médias. Todos coloridos.

Raramente algum monocromático. Branco, apenas um ou dois. Os primeiros foram prontamente abatidos pelas forças armadas. Não eram tripulados. Não levavam câmeras a bordo. Especulou-se que fossem espiões russos ou chineses, o que provocou uma crise diplomática entre Estados Unidos da América e China. O fluxo dos estranhos objetos intensificou-se durante a Semana Santa. O caso assumiu novas proporções depois que foi visto um objeto vermelho e branco com uma tripulante feito espiga de milho.

O OVNI foi abordado, na fronteira do Canadá, por caças americanos. Sem necessidade de qualquer aparelho de tradução automática, a mulher disse o seu nome: Alice. De onde vinha? Ela pareceu não entender a pergunta, que foi repetida. Então, com um sorriso muito suave, murmurou, como se previsse o impasse geográfico:

– De Palomas.

– Onde fica?

– Ao sul.

– O que impulsiona a sua nave?

– O vento.

– De que é feita?

– De taquara e papel encerado.

– Como se chama a sua nave?

– Pandorga.

– Pandorga? O que quer dizer essa palavra?

– Não sei. Para nós é um nome natural como cavalo, capela, boitatá. Em outros lugares, é pipa, papagaio, uns nomes esquisitos assim.

188
Utopia e distopia

Uns sonhavam com tempo livre. Outros temiam o pós-trabalho. Uns buscavam a resposta pelo título de um velho livro: "O que fazer?" Como diria o poeta, depois de alguns minutos, caía-lhes aos pés a capa. Outros, nas redes, que gemiam docemente entre duas árvores, reliam obra tida por menor: "O direito à preguiça". Para uns, a eternidade parecia começar mais cedo. Para outros, ainda faltava o último ato.

189
Metalinguagem

Quando ele terminou, a humanidade ainda estava lá.

Último conto

(Gênese)

...Nunca se soube o que eles conversaram.

II
Ficções
CONTOS DE RÉIS

Uma partida

– Eu te traí.

– Obrigado por me contar.

Foi tudo o que eles se disseram. Era o fim de um amor de infância e adolescência vivido sem sobressaltos. Tinham perdido a virgindade juntos. Eram vizinhos desde o nascimento. Haviam aprendido a andar juntos, brincado juntos, crescido juntos, ido à escola juntos, sonhado e amado juntos. Não se conheciam separados. A lealdade entre eles era tanta que até na traição o traído não seria o último a saber. Estavam sentados na sorveteria onde haviam ousado o primeiro beijo e a última declaração. Era ali que se prometiam nunca mentir para o outro.

Ele ficou sentado à luz da lua cheia até a noite se pronunciar como uma escuridão sem retorno. Jamais contou, que eu saiba, a alguém o que pensou naquelas horas em que foi o mais solitário dos homens. Não chorou, não se lamentou e não a amaldiçoou. Quando amanheceu, entrou na casa onde sempre vivera, juntou algumas das suas poucas coisas, despediu-se dos pais e foi para a estação férrea. Se havia tristeza nos olhos dos pais, havia também uma estranha satisfação. Eles queriam que o filho fosse embora, que tomasse rumo. O trem entrou na estação pouco depois do meio-dia. Era maio. Fazia calor. Vivia-se um delicioso veranico. Sem dúvida, era um lindo dia ensolarado.

O movimento de uma estação de trem tinha algo de metálico como se os sentimentos estivessem deslocados naquele ambiente de trânsito.

O sol faiscava nos trilhos e nos óculos das pessoas acendendo interrogações e acobertando segredos. Detalhes insignificantes assim, como se sabe, costumam se tornar inesquecíveis. A locomotiva era vermelha. Lembrava uma cabeça de touro desfigurada. Os vagões eram de uma cor indefinida e triste como a imagem do armazém de secos e molhados de tijolos sem reboco. Os passageiros, embora a parada fosse longa, pareciam temer uma partida antecipada. Precipitavam-se para os carros. Quantos abraços ele viu antes de embarcar? Nenhum para ele.

Não esperava que ela viesse se despedir.

O que poderiam ainda se dizer?

Haviam jurado que só uma traição os separaria.

Mesmo assim, chegou a se confundir. Os cabelos muitos negros e esvoaçantes de uma moça fizeram-no estremecer. Mordeu o lábio. Sempre mordia o lábio quando se enganava. A viagem seria longa. Teria tempo de pensar nela e até de esquecê-la. Guardava na carteira com o pouco dinheiro dado pelo pai a única foto que tinha com ela.

Não era um tempo de fartura de imagens.

Passaram-se 19 anos.

O tempo é relativo quando aplicado a traições. Eu nunca soube se passou lenta ou rapidamente para ele. Um indício pode ser apontado: nessas quase duas décadas, ele jamais voltou para casa. O que isso significa? Que não esqueceu? Que a sua vida bifurcou de tal maneira e não lhe deu tempo de sentir saudades? Nos três primeiros anos, nem viu os pais. Depois, passou a recebê-los na sua nova cidade. Certo é que estudou, diplomou-se, arranjou bom emprego e casou-se com uma francesa durante o doutorado feito em Grenoble. Tiveram dois filhos.

Em vinte anos, fica estabelecido, pode-se constituir uma família, construir um presente, sepultar um passado e só olhar para o futuro como medida de sanidade mental. Salvo por certas tardes em que o olhar dele se perdia na contemplação do horizonte ou que as suas mãos deslizavam em caixas cheias de recibos, de cartas e de algumas fotografias. Sempre que a francesinha o surpreendia nessa labuta, ele estremecia e tratava de recompor-se mordendo o lábio.

Foi então que o pai dele adoeceu.

A vida é tão simplória nas imposições que faz. Não se preocupa em escolher métodos mais verossímeis. Voltou. A cidade, que antes lhe parecia enorme, revelou-se minúscula, quase uma casa de bonecas: florida, arrumadinha, com tudo no lugar. Percorreu tudo em menos de uma hora. Ao final da tarde, depois de ter passado horas à cabeceira do velho, viu-se sentado na velha sorveteria. A dona, uma senhora com o rosto de uma menina que não lhe era estranha, antes que abrisse a boca, trouxe-lhe o de sempre, pêssego e doce de leite.

Provou o de pêssego de olhos fechados. Foi despertado por vozes de crianças brigando por sorvete. A mãe tentava acalmar os filhos. Era ela. Não demorou para que os olhos dos dois se encontrassem. As crianças já corriam com suas casquinhas para a praça colorida.

Nenhum deles sabia o que dizer.

– Você tem filhos? – por fim ela perguntou.

– Como você, dois.

O silêncio voltou a impor-se como uma geleira prestes a romper-se. Estavam em pé. O tempo corria como se fugisse do que poderia acontecer, como se sentisse certa vergonha de ter demorado tanto.

– Por quê? – ele perguntou.

– Por que eu te traí?

– Não me amava?

– Amava muito. Você jurou que só ia embora comigo. Eu não podia ir. Precisava arrancar você deste lugar. Vejo que fiz a coisa certa.

– Como quem foi?

– Com ninguém.

– Que história é essa?

– Eu te menti.

Ele mordeu o lábio. Passou a noite à luz da lua cheia.

Um mês depois ela recebeu um presente pelo correio: "Tratado da gratidão", de Santo Tomás de Aquino. Com uma frase manuscrita: conta comigo sempre. Ela, porém, já não contava com quem quer que fosse.

Na parede da memória

Você se lembra do salão oval, da banda tocando loucamente as marchinhas de sempre, dos trenzinhos tão ingênuos com seus vagões de familiares, do carnaval explodindo na sua segunda noite daquele verão provinciano e de uma enorme samambaia de plástico descendo pela parede branca do clube. Você se lembra das fantasias cintilantes, dos pierrôs e das colombinas juvenis, das máscaras, capas e espadas de Zorro e das índias de pele morena e lábios de carmim pulando à meia-luz. Você se lembra dos carros em fila dupla, Mavericks e Corcéis, congestionando a rua arborizada, soando buzinas frenéticas, desembarcando meninas de minissaia naquela noite sem brisa e com uma lua de encher o céu, esse mesmo céu coalhado de estrelas que sempre ressurgia em seus poemas.

Você se lembra ainda hoje do exato momento em que ela apareceu. Só se ouvia uma voz: "Bandeira branca, amor, não posso mais, pela saudade que me invade, eu peço paz". Você se lembra do seu jeito, do seu corpo, dos seus olhos tão escuros, um trejeito na hora de sorrir. Você se lembra da piscina, do banco todo azul, do garçom vestido de pirata, da grade verde no jardim, de uma gota de suor escorrendo pelo seu rosto de menino, da alegria que sentiu, sem a menor razão, enquanto os foliões retomavam a pista de braços levantados: "Mamãe, eu quero, mamãe, eu quero/ Mamãe, eu quero mamar/Dá a chupeta, dá a chupeta/Dá a chupeta pro bebê não chorar". Você se lembra da cantina, da cerveja e do lança-perfume na excitação de um canto mais escuro: “Quanto riso, oh, quanta alegria!/Mais de mil palhaços no salão/Arlequim está chorando/Pelo amor da Colombina/No meio da multidão”. Você se lembra ainda agora, na solidão da quarentena, no vazio acolchoado do tempo, enquanto a televisão exibe os números da pandemia e as sirenes das ambulâncias não param de soar.

Como se fosse agora, exatamente agora, décadas depois, você se lembra dos seus cílios alongados, dos seus cabelos pretos pela cintura, dos seus passos leves de bailarina, da sua surpresa toda feita de risos e suspiros quando alguém tocava em seus braços. Sim, você se lembra de cada detalhe, da sua saia dourada, da sua máscara, da purpurina no rosto e dos rolos de serpentina caindo como cascatas de papel num mar de papel crepom. De tudo aquilo que foi, que poderia ter sido, você se lembra numa sucessão de imagens que podem seguir qualquer ordem, do começo ao fim, do fim ao começo, do perfume ao abismo, da mão suave ao desatino, do beijo ao medo de não ser, memórias no esquecimento, lembranças numa crônica perdida no tempo, recordações num momento de pânico, de estupor, de cansaço e de incerteza. Você se lembra que já perguntava: como será o amanhã?

Quantas vezes depois disso, desde então e para sempre, como quem repete um estribilho ou refaz uma oração, você se lembra de lembrar dessa noite ainda que se prometa esquecer em outros carnavais da existência, que tudo passa e os carnavais não voltam mais. Você se lembra do que pensou, do que disse, do que esperou, de tudo aquilo que foi possível ouvir, sonhar e prometer no silêncio cúmplice embalado pela eternidade alegre das vozes retumbando no salão subitamente iluminado e já, outra vez, escurecido na intimidade de todos: "Allah-lá-ô, ô ô ô ô ô ô/Mas que calor, ô ô ô ô ô ô/Atravessamos o deserto do Saara/O sol estava quente/ Queimou a nossa cara". O tempo, você se diz enquanto lembra, não apaga essa vontade de reviver, o futuro talvez não passe de um passado interminável a ser imaginado enquanto os números são atualizados na televisão sempre para pior.

Do que você mais se lembra então?

Dos seus próprios cabelos encaracolados, escorrendo pelos ombros, do sargento gritando no quartel num final de manhã de janeiro: "Comunista não precisa servir". Você se lembra de ouvir Belchior no rádio ABC da pequena sala de jantar: "E eu sou apenas um rapaz latino-americano/Sem dinheiro no banco/Por favor não saque a arma no saloon/Eu sou apenas o cantor". Você se lembra também que jamais cantou a plenos pulmões, salvo nessa noite, nesse carnaval, nessa madrugada em que repentinamente a chuva apagou a lua e derramou-se sobre o pátio do clube como labaredas incendiando vontades, estimulando desejos, apagando a timidez tão natural e singela. Você se lembra que, de repente, estavam todos do lado de fora e que talvez nunca tenha existido um carnaval como aquele sob um tal aguaceiro.

– Vamos – você gritou.

– Aonde?

– Lá fora.

– Por quê?

– Porque sim.

Não se podia dizer muito mais do que isso, não se podia ouvir grande coisa, salvo as batidas dos corações, batidas tonitruantes, adolescentes, perseverantes, absurdamente nítidas, ritmadas, tão afinadas quanto a voz da cantora negra majestosa, uma raridade ali, entre brancos, naquele clube de brancos ricos e de alguns pobres intrusos, onde negros só entravam se falassem em leis, em discriminação, erguendo a voz, ameaçando escândalos e aceitando enfrentar os olhares cruéis. Sem muito esforço, sem qualquer exigência, você, cuja memória se perde a cada dia em relação a tudo mais, se lembra do frescor depois daquela chuva, das fantasias lavadas, das maquiagens escorridas, da sensação de liberdade e de travessura, de que todos, embora não fosse verdade, se achavam livres para ir e vir, beijar, amar e se esquecer de tudo. Você se lembra de ter causado espanto quando, um dia, sem mais nem menos, perguntou com sua voz de menino e seus olhos apertados de melancolia:

– Até onde podemos ir?

Como esquecer? Por que lembrar?

Você recorda das peças de teatro amador nos fundos da livraria que não durou, dos livros emprestados por um professor que depois sumiu para nunca mais voltar, com a sua barba negra e fina, os seus óculos redondos de lentes suaves, os seus olhos tristes e amendoados, as suas frases cristalinas, o seu amor à poesia e sua mania de dizer: "O amor é a mais bela utopia". Você se lembra de nunca ter visto aquela menina na escola, na livraria, na praça onde todos se juntavam para tocar violão nas noites quentes ou no cinema que só exibia filmes que já não mereciam ser vistos por quem queria mais, sempre mais, embora ninguém soubesse dizer o que era mais nem quando poderiam dar o grande salto para a luz e realizar o sonho de viver intensamente.

De que mais você se lembra depois de tanto tempo, de tantas histórias e bifurcações, de tantos desvios de percurso e emboscadas? Das calças boca de sino, as suas eram azuis ou vermelhas, das campeiras de couro, não se dizia ainda jaqueta, dos tênis Bamba, dos primeiros hippies na cidade, bicho, da voz rouca de Janis Joplin rasgando a pasmaceira dos domingos, da guitarra de Jimi Hendrix, de uma colega que amava Maria Bethânia e se parecia com ela – onde andará? –, dessas descobertas tardias que pareciam prematuras e ressoavam nas madrugadas como passos numa casa enorme em construção. Você se lembra do medo aveludado e repugnante que sentíamos de não viver, de não sair de casa, de não ganhar o mundo, de não arrancar a casca que impedia de voar e de gozar o imaginado, das aranhas que subiam pelas paredes da casa abandonada pelos fugitivos.

Naquela noite, porém, você se lembra que não teve medo, não hesitou, não perguntou, não se inibiu, não se podou, pois sempre diziam que você se bloqueava para não correr o risco de cair no vão das coisas desconhecidas, perigosas e tão desejadas antes da hora.

Em breve, você partiria levando na bagagem um enorme silêncio sobre o futuro. Se medo houvesse, seria de uma armadilha do destino. Mas você não acreditava em armadilhas e muito menos no destino, cujo nome lhe vinha à mente como uma superstição, uma dessas palavras usadas para não ter de pensar. E tudo o que você mais fazia era pensar:

numa maneira de colocar o pé na estrada, de amar e de sair do outro lado do mundo como um poeta que se evadiu. Você se lembra que falava assim para os amigos e causava espanto, diziam que estava louco, era louco, inventava linguagens, delirava. Você ria, sempre ria, até o chamavam de aquele que ri, o cara do riso, o maluco legal, que ninguém dizia bacana, o menino dos sonhos doidos e perigosos.

– Para de sonhar, seu maluco.

– Por que mesmo?

– Sonhar não dá camisa a ninguém.

– Nem custa nada.

Como quase todos na sua tribo, lembra? – claro que lembra, não é do seu feitio esquecer essa época, mesmo que negue, que diga o contrário na frente do espelho – você amava os Beatles e um pouco menos os Rolling Stones, mas amava também os cantores da terra, os que falavam a sua língua, os que desnudavam os seus temores e anunciavam os seus medos. Mais do que tudo, seja sincero, não tenha vergonha de admitir, ainda mais agora que nada pode mudar, você amava a Jovem Guarda. Você se lembra que não teve tempo de saber do que ela gostava. Daquela noite você nunca consegue esquecer o timbre da voz dela, uma musicalidade capturada em fragmentos no meio da algaravia da festa:

"Oh, jardineira, por que estás tão triste?
Mas o que foi que te aconteceu?
Foi a camélia que caiu do galho
Deu dois suspiros e depois morreu
Foi a camélia que caiu do galho
Deu dois suspiros e depois morreu."

Falando em tempo, sim, é disso que também se trata, embora não valha à pena insistir, você se lembra de uma sensação estranha: o tempo parou e voou numa mesma marcha, as leis da física não valiam mais. Nunca na sua vida uma noite foi mais longa e mais curta do que aquela. Havia um relógio na parede oposta à da samambaia e os seus olhos mais de uma vez se chocaram com os ponteiros e não conseguiram traduzir a hora que se revelava. Em algum momento, você lhe mostrou o relógio como quem diz: o que é aquilo? Que horas são? Ela riu. Esse riso, um flash no turbilhão do baile, ainda se ilumina teimosamente enquanto você tenta espantar com um gesto essa impertinência do passado, essa inconveniência da memória, essa coisa que agora, enquanto a televisão conta os mortos da pandemia, volta como uma marca na parede branca, uma mancha na memória que não se dissipa.

Você se lembra dela dos pés à cabeça como uma evaporação. Lembra dela fazendo você dançar mais do que nunca, tirando-o da imobilidade que o caracterizaria para sempre, isso sem falar nada, sem sugerir, sem aconselhar, sem forçar, apenas com um jeito de olhar, com um jeito de hipnotizar. O passado, quem não sabe disso, não é confiável nem verdadeiro, sempre se deixando manipular e mentindo para o mentiroso pelo simples fato de ser uma reconstrução permanente e suspeita. No seu ceticismo, obviamente, você diz que nós é que não somos confiáveis e que o passado não passa de uma idealização, de uma teimosia da memória, de um espelho. Só que, não há como negar, estando lá, naquela noite, naquele encontro, naquela atmosfera, você se cristalizou.

Cada detalhe daquela noite está na sua lembrança como uma pintura rupestre: milenar, viva, dolorosamente colorida, mágica, uma narrativa cujos detalhes mais importantes nunca serão decifrados. Quem era você naquela noite? O que sentia? O que temia? O que mais queria?

Quantas vezes, nesse longo tempo escoado deixando borras num coador de café, você repetiu a pergunta que nunca encontrará resposta: por quê? Certo, a pergunta nem sempre foi tão seca nem tão lisa. Teve as suas tantas variações: por que foi como foi? Por que comigo? Por que conosco? Por que essas coisas acontecem? Dessa calamidade restou em você a nostalgia, a sensação vaga de perdição quando a noite cai, a dor que se repete a cada marchinha, a paixão e o ódio pelos carnavais, a depressão em certas madrugadas de chuva, a impressão de que todas as samambaias são de plástico, o desgosto pelos salões ovais e o desprezo pelos relógios de parede, esses escravos do tempo e das mágoas. Quando, enfim, conseguiu contar o que havia acontecido, você se lembra, nunca esquecerá, já se sabia o essencial, que, no entanto, sempre omitirá, mesmo na angústia do horror diante do inimigo invisível, os sentimentos mais profundos do instante congelado.

Nunca se saberá com certeza o que você sente a cada mês de fevereiro ou quando contempla a água azul de uma piscina enquanto uma cantora negra canta, num salão de clube lotado, as mais famosas marchinhas de carnaval. Encastelado nas suas lembranças, você não fala, não se abre, não compartilha. Faz de conta que esqueceu, afirma que o tempo tudo liquida e que até mesmo as piores dores se esfarelam quando o relógio da parede nua se torna novamente inteligível para os que já não sonham ou são reféns de um sonho ao qual não têm acesso como protagonistas. Todos que o cercam conhecem as suas filosofias, as suas imagens para desnortear o tempo, a sua cara de paisagem de cidade do interior, o seu gosto por metáforas que se perdem em reticências. Por trás da sua calma, desse ar pacato, esconde-se um vulcão devorado por esse tormento que, às vezes, lava o recinto morno da sua solidão.

"Ai, ai, ai ai, ai ai ai
Está chegando a hora
O dia já vem raiando, meu bem
Eu tenho que ir embora."

É na calada dos bailes que você se lembra mais, não é mesmo? A noite declinava como uma voz abafada pelo esforço de ser sublime até o último trenzinho. Vocês saíram de mãos dadas, como se vivessem juntos desde sempre, apaixonados desde o primeiro olhar mascarado e sinuoso, na maturidade dos 17 anos de idade implacáveis em exigências sensíveis e em sinceridade. Queriam escapar dos últimos encantamentos dos foliões e da melancolia que se instalava a cada nova alegria. A rua era um cemitério de carros adormecidos, de árvores preguiçosas, de garrafas vazias, de pedaços de fantasias. O céu estava novamente pacificado. Corria, enfim, uma brisa inesperada. O dia seria quente. As primeiras horas da manhã, porém, seriam frescas. Você pensa nisso agora enquanto mulheres de máscara aparecem na tela para se proteger do vírus que pode cancelar o futuro, mas ainda não o passado.

Então vocês caminharam pela calçada da esquerda como dois namorados que ainda não eram, que jamais seriam, mesmo sem nunca se separarem. É uma coisa sua, não, ainda hoje, andar sempre pela calcada da esquerda mesmo quando tem sol ou está escuro? Já era assim ou é uma forma de lembrar daquele instante que logo se tornaria uma tragédia? Como saber? Você não confessa. Prefere viver nessa sua estranheza, essa sua esquisitice que arranca provocações das crianças do bairro. Você se acostumou, não reclama, não reage, jamais se impacienta.

O silêncio é a sua comiseração.

Vocês apertam as mãos. Lembra? Subitamente ouvem vozes, que se elevam, que se tornam gritos, que trazem pânico. Um homem surge correndo na outra calçada. Atravessa a rua serpenteando entre os carros. Você vê quando ele se apoia no Maverick verde, quando dribla o Corcel azul, quando se torna perfeitamente visível sob a luz pálida do poste. Ouve-se um tiro vindo de mais longe. O homem ergue o braço direito. Ele porta uma arma. Tropeça. Dispara sem mirar qualquer alvo. Ela se dobra lentamente ao seu lado. Uma mancha vermelha brota sobre a fantasia. No peito. O corpete fica mais escuro. Amanhece na cidade como se, de repente, tudo remetesse a uma paisagem de infância no campo. Ela usava uma máscara dourada. Você se lembra, não é mesmo?

Como esquecer que você mataria por ela?

Folhas douradas

Conheci Michel três meses depois de desembarcar em Paris. O seu nome era tão local que me soava como uma aula na Aliança Francesa.

– Bom dia, eu sou Émilie.

– Bom dia, eu sou Thierry.

– *Moi, je suis Michel.*

– *Qu'est-ce qu'il y a ?*

– *Il y a une grève.*

Sempre que nos víamos, depois que lhe contei sobre esse exercício de conversação para novatos, começávamos com essa pergunta e com essa resposta. A risada e os dois beijos no rosto vinham em seguida. Ele era cego. Movia-se, contudo, pela cidade com certa desenvoltura e muita curiosidade. Reclamava das dificuldades de acesso a lugares. Ainda não existiam, por exemplo, sinalizações adequadas por toda parte. Eu gostava da sua voz metálica e das imitações que fazia de Charles Trenet. Não, a bem da verdade, ele era melhor cantando Serge Gainsbourg. Vai saber! Cada um com seus gostos e eu tinha os meus, que não eram sólidos como hoje, mas eram alegres como nossas tardes no parque. Michel adorava o Jardim de Luxemburgo, onde se sentava nos dias cálidos para sentir as carícias da brisa. Falava assim. Eu também. Não víamos nisso qualquer marca fatal de idade.

Éramos jovens. Ele mais do que eu. Dez anos nos separavam. A paixão por romances policiais nos aproximava. Li para ele capítulos inteiros de Jean-Patrick Manchette. Houve uma época em que se apaixonou por livros de Tonino Benacquista. De resto, amava os tintos, os conhaques, os queijos secos e as manhãs frescas. Sobre estas, tivemos intermináveis colóquios – palavras que usávamos quando alguém se aproximava. Michel sabia tudo sobre os ventos, do mistral ao minuano, do qual tomara conhecimento ouvindo a leitura de romances platinos. Essas coisas acontecem mais do que as pessoas imaginam. Chegamos a ver juntos partidas de futebol na televisão. Ele já era torcedor do PSG, clube que começava a despontar no cenário francês e contava com os brasileiros Valdo, Raí e Ricardo, o Gomes, não o Rocha. Não, não, o Gomes mesmo. Os dois? Já não sei. Esqueço quase tudo,

Ele sentia o jogo como se visse as imagens.

Estudava filosofia e pretendia defender uma tese sobre Berkeley. Sabia tudo sobre ele, mas não de um saber aproximativo. Podia colecionar notas de rodapé. Pegava o 96 de volta para casa. Dizia que era o ônibus da sua vida. Eu o acompanhava e, por vezes, me sentia triste por ele não poder contemplar a beleza do trajeto. Michel pressentia e me consolava com um "vejo de outra maneira". Nunca se queixava. Amava a vida e sonhava em ser deputado pelo Partido Socialista, embora andasse desencantado com o final do governo Mitterrand. Era, como qualquer jovem, uma usina de utopias. Todo dia, conforme os ventos, queria ser uma coisa diferente. Eu também.

Michel quase não falava sobre a sua cegueira. Era como que um dado indiscutível da sua vida. Quando eu ousava perguntar, ele me dizia que nada havia para comentar. Era como todo mundo, dizia, cada um com suas dificuldades. Eu não sabia muito bem o que falar. Um dia, entre duas taças de Bordeaux, em frente à Sorbonne, perguntei:

– Gostaria de ver?

– Demorou.

– Como?

– Mais cedo ou mais tarde a gente ouve essa pergunta.

Fiquei constrangido. Não sabia onde me meter. Enfiei a cabeça na taça de vinho. Balbuciei alguma desculpas sem qualquer fundamento.

– Claro que gostaria. Quem não gostaria? Mas posso viver bem sem.

– Ainda espera ver?

– Tenho uma chance. Uma cirurgia.

Fiquei pasmo. Ele falava tranquilamente. Não sei como acontece com outros. Ignoro se aquilo era da personalidade dele. Parecia comparar os prós e os contras sem paixão. Havia, porém, uma quase imperceptível alteração na sua voz. Eu era bom com nuanças vocais. Depois, sempre há um depois, meu ouvido começou a zumbir e se acabou. Estudantes faziam algazarra na mesa ao lado. Eram espanholas. Omito todas os detalhes de família para encurtar a história, que o leitor tem muitas ocupações e eu preciso ganhar minha vida honestamente. Além disso, não temos um Bordeaux ao alcance da mão. Fui direto ao ponto:

– Vai fazer a operação?

– Vou.

Ficamos em silêncio. A tarde caía suavemente. Era junho, bem no começo, temperatura amena, uma brisa soprava.

Seria já um vento com nome? Eu estava com a veneta. Queria perguntar. Não me contive:

– O que gostaria de ver primeiro?

– As folha do Luxemburgo.

– Que folhas?

– As folhas de outono no chão.

– Por que isso?

– Dizem que são de um dourado incomparável.

Passaram-se duas semanas. Andei ocupado com a preparação dos meus dois trabalhos de conclusão para o Diploma de Estudos Aprofundados, o famoso DEA. Teria de defendê-los diante de professores sisudos, um deles com fama de implacável. Mesmo assim, fui encontrar Michel no café da esquina da casa dele, em Montparnasse, numa sexta-feira ao crepúsculo. Havia muito gente nas ruas. Quando cheguei, ele já estava numa mesa na calçada. Era o mesmo, sempre impassível, mas a sua voz traía uma ligeira inquietação, tão suave quanto a brisa.

–– *Qu'est-ce qu'il y a ?*

– *Il y a une grève.*

A cirurgia seria em três dias.

Não pude ir vê-lo no hospital.

Anos depois ele me doaria um rim.

Um sacrifício

Nem fazia questão de contar a história. Ficava meio de lado quando lhe pediam para desembuchar tudo de novo. Não sabia enfeitar a narrativa. Largava tudo como lhe vinha e tudo lhe vinha sempre do mesmo jeito, na mesma ordem, com a mesma vontade de chorar. Por que tanto queriam ouvir o que ainda lhe causava sofrimento? Era o que era, um guri da campanha na cidade e da cidade na campanha, sempre fora de lugar, "guascão" entre os urbanos, "maturrango" nas lides campeiras, incapaz de abandonar esse vocabulário tosco, pobre no meio dos ricos, desbocado, imprevisível, inconfiável. Que queriam dele? Vinha de longe, embora de tão perto, neto de um fazendeiro decadente, filho de um gaúcho a pé, com o pampa na alma e a alma cheia de remendos.

Se pediam que contasse, contava, ora. Podia espichar a história, mas não o fazia. Para que se dar o trabalho de entreter quem não podia entendê-lo? Que podiam saber de banhos de lagoa, pitanga madura, anoitecer no pago e outras imagens que trazia impressas no coração? Era tudo passado, coisas de antanho, de um tempo sepultado pelo progresso, que é como chamam aquilo que enterra sentimentos e máquinas, como a vermelha e estridente máquina de debulhar milho.

Vivia dessa nostalgia que precisava tratar com terapia e remédios ainda que "se risse", era assim que falava por defeito de memória, desses cuidados todos com a sua saúde mental.

Se era meio louco, qual o problema?

Seria uma loucura mansa.

Loucura de brincar de gado com sabugo de milho, nada mais!

Às vezes, alguém lhe dizia para escrever um livro com a sua história. Se ria de novo. Quem ia ler uma coisa dessas? Afinal, o que lhe acontecera? Nada muito especial. Quando não havia mais o que comer, carneado o último capão, foram morar na periferia da cidade. Família grande, pai, mãe, cinco filhos e um peão agregado, Seu Nico, que não tiveram coragem de abandonar. Ali iriam de changa em changa até o desespero, depois de vendidos os arreios guardados de lembrança e até as botas de estimação herdadas do avô. Cada anoitecer era luz que se apagava na memória dos anos felizes. Cada amanhecer era uma esperança de luz no horizonte. A vida era uma fotografia num binóculo, tão pequena lá no fundo, tão nítida, porém, na eternidade fixada.

Podia contar os sofrimentos da mãe, as tristezas do seu pai, os irmãos se extraviando como filhotes de perdiz pelo mundo, os silêncios do Seu Nico, enfronhado no seu mutismo, até cair de lado e morrer junto ao seu único bem, um pelego vermelho. Podia contar tudo isso. Não o fazia. Teria de chorar na frente de quem estivesse ouvindo. Não tinha vergonha de chorar. Temia era perder o fio da história e quem sabe não se achar mais na vida, que era relembrar esse passado.

Por que o faziam remexer no passado? Estava velho e sem memória. Por que lembrava de algo que já devia ter esquecido depois de tantos anos, tanta vida, tantas viagens, tantas voltas? Era primavera, já haviam vendido aos vizinhos complacentes os últimos copos de vidro, até um de massa de tomate. A manhã era de um frescor de mato, a luz filtrava entre as folhas dos cinamomos do vizinho, que o deles já tinha sido derrubado e transformado em lenha, quando o pai o chamara para uma conversa que nunca se apagaria do seu coração.

– Faz o que te mandei.

– Mas pai...

– Faz agora.

A causa era justa. Todos se sacrificavam. Por que ele seria poupado? A sua contribuição para a casa era nula. Havia sido escolhido para estudar com uma bolsa conseguida por um vereador aliado da ditadura, que aparecia para lembrar dos votos que lhe deviam e que, como única vingança contra o destino, não davam, embora jurassem que sim. Pediam que contasse melhor essa parte. Explicava enfastiado que o seu papel era garantir possivelmente um futuro para quem via o presente sumir como a água da sanga nos tempos de seca braba. Doía-lhe saber que não era bom aluno e que sonhava mesmo era ser domador.

– Vai lá.

– Mas pai...

– Agora.

Foi. Preferia que o pai lhe pedisse para largar a escola. Não era isso. Mesmo analfabeto, ou talvez por isso, ele só acreditava nos estudos para melhorar a vida da família. Queria um filho doutor. Então naquele dia florido, ensolarado, fresco, suave, o que nada acrescentava à história, mas era verdade e por ser verdade não podia faltar no relato, fez o que era preciso: vendeu a bicicleta velha que ganhara do filho de um fazendeiro e que usava para vencer os doze quilômetros, com sol ou chuva, até a escola, que a mãe não o deixava faltar. A separação foi como a de um ente querido. Contava de novo.

– Tchê, que história, chorava por uma bicicleta! – dizia um.

– O amor da tua vida – emendava outro.

– Como pode, um velho advogado não esquecer essa pieguice.

Ele "se ria", expressão que nem o diploma cancelou, pesaroso. Os outros riam com gosto do seu ar desenxabido. Alguém já o provocava:

– Conta de novo, vai.

Foi por essa época que comprou um pelego vermelho.

Jamais contaria que tinha sangue nas mãos.

Nem que ainda pensava em recomprar sua bicicleta.

A inglesa

Na manhã em que a inglesa se jogou pela janela eu não entendi o que acontecera. Muitas vezes falei sobre esse dia triste sem ter a chave para desvendar o principal: a motivação daquela mulher de quarenta e poucos anos, pálida como a britânica invisível que era em Paris. Guardei a cena em detalhes, talvez não os mais importantes: a ambulância na frente do nosso prédio, bem no fundo do nosso beco, o corpo da mulher estendido sobre o canteiro de flores do pátio interno sempre úmido, uma coxa magra e branca em relevo sobre a terra negra revolvida. Dava para sentir a angústia da robusta senhora, a Dina, que cuidava do jardim. Acho que chorava em silêncio pelas suas plantas.

Para nós, ainda novos na capital francesa, foi um choque. A inglesa era gentil, sussurrava cumprimentos, deslizava pelos estreitos corredores até o seu *studio* no terceiro andar. Quando ouvia música, velhos vinis de rock progressivo, o som chegava até nós, no alto, como um filete de água, uma infiltração correndo ao contrário. Tudo nela era discreto, inclusive o seu caso com um francês magro e seco que se esgueirava pelas escadas ao cair das tardes. As garrafas de vinho que ela comprava no supermercado em frente à grande estação de trens batiam umas nas outras dentro do carrinho branco encardido delatando o seu hábito mais comentado pelos velhos moradores do pequeno edifício:

– Ela bebe.

Bebia e pintava melancólicas aquarelas: paisagens da sua aldeia ao norte de Londres. Falava francês com um suave sotaque, o que a tornava ainda mais, se a palavra não soar incompreensível ou pomposamente literária, diáfana. Parecia que flutuava. Certamente havia sido uma jovem encantadora, se me faço entender sem vulgaridade. Contava-se que ela guardava em segredo o amor que vivera com um diplomata francês morto na China, irmão da nossa vizinha poliglota que terminaria perambulando pelas ruas da cidade catando jornais e revistas para encher seus pequenos apartamentos. Dizia-se que ele partira por causa dela. Nunca soube o que se dera mesmo entre eles.

Havia muitas brigas em nosso edifício. Só a inglesa não se alterava. Permanecia inglesa, como se fosse obrigada a provar a validade do estereótipo, até quando era provocada pela velha croata, nossa vizinha de porta, que falava tudo num infinitivo definitivo:

– Ainda morrer de beber!

Todos a chamavam de "a inglesa". Quase ninguém dizia o seu nome. Falei com ela poucas vezes. Numa ocasião, quando voltava do supermercado puxando o seu carrinho abarrotado de garrafas tilintantes, ela me perguntou sobre o calor nos trópicos. Queria saber se era suportável e se não teria câncer de pele se fosse morar em Recife ou Natal. Ou em Manaus, acrescentou dubitativa. Eu a tranquilizei como pude. Desde então, sempre que me via, ela sorria suavemente, como se compartilhássemos um segredo, o que despertava curiosidade em quem nos surpreendia. Falava-se em tom de cochicho:

– Ela fala com os brasileiros.

A inglesa ficou uma semana no hospital. No retorno, permaneceu trancada por mais de um mês. O francês subia com as compras e podia ser visto também pelas manhãs atravessando o jardim refeito. Um dia, a inglesa partiu. Voltou para casa. Muitos anos depois, encontrei o francês num bar de Montparnasse. Ele me reconheceu. Pediu meu endereço no Brasil para o caso de uma viagem sonhada, mas jamais planejada. Perguntei-lhe se tinha notícias da inglesa. Respondeu que poucas.

Assim se passaram vinte e cinco anos. Na semana passada, recebi uma carta pelo correio. Era dele, do francês. Uma correspondência no velho estilo. Voltei a ver a inglesa deslizando pelos nossos corredores rústicos. Tornei a ver o francês subindo os degraus como um gato manhoso. Por que resolveu me contatar agora? É o que ainda me pergunto. A mensagem, com uma letra trémula, diz: "Ela estava cansada de esperar a morte. Tinha sido desenganada. Deram-lhe um ano de vida. Já fazia dois que resistia. Morreu ano passado, em Londres. Sempre achei que o senhor gostaria de saber disso. Ela mesma pretendia escrever para contar-lhe, mas o tempo passou e nunca o fez".

Num P.S., resumiu: "A croata morreu em Zagreb; a irmã do diplomata faleceu em Saint-Germain; Dina foi morar no interior; os magrebinos voltaram para os seus países; o argentino que estendia a bandeira do seu país na janela, na casa do meio do beco, vive em Buenos Aires; a família africana vizinha do argentino retornou ao Mali; a escola de comércio fechou; a floricultura da esquina permanece, mas o florista se aposentou. Se passar por Paris, avise".

Fiquei perplexo. Eu nem sabia o nome dele. Ainda não disse tudo o que ele escreveu. Uma informação me desconcertou mais do que tudo: "Ela nunca esqueceu a sua gentileza nem o que lhe disse sobre o calor tropical. Se pudesse, teria ido viver em Manaus". Então eu a revi, por um instante, emergindo como um pássaro da sua aquarela verde. Talvez eu escreva para o francês pedindo mais detalhes. Talvez não o faça. A realidade exige comedimento. Eu já tive demais sobre a inglesa.

Não consigo achar essa carta do francês.

Se eu a achar, pegarei o endereço e escreverei para ele. Juro.

Autorretrato

Impasse, em francês, é um beco. Sem saída. Obviamente. Impasse do Astrolábio desembocava na rua de Vaugirard, a mais longa de Paris. Esse detalhe nada acrescenta à história, mas é tão obrigatório quanto dizer "vous" a um francês desconhecido e solene. Vivia-se à sombra da torre de Montparnasse, gigantesco e enigmático edifício de vidro fumê.Da janela do último andar, outrora quarto de empregada, então chamada de doméstica, via-se o apartamento do Senhor Dupont. No inverno, o solitário e octogenário pintor parecia ter a cabeça eternamente coberta pela neve. Alguns o chamavam de autorretrato.

No verão, talvez pintasse os cabelos. Ou seria um efeito da luz? Aos poucos, a árvore do pátio interno, cujos galhos subiam até o ponto mais elevado do prédio, curvava-se até, sem mais nenhuma folha, acabrunhar-se numa pobreza vegetal de fazer chorar. Era tempo de sentir saudades do sol, de ver a noite começar a cair antes das cinco da tarde e de manter a única janela fechada para não perder o calor da placa de metal colada na parede externa de onde emanava uma quentura tímida e sempre insuficiente. Monsieur Dupont pintava do primeiro ao último rastro de luz. Pintava autorretratos. No corredor, sorria com a candura da criança boa que devia ter sido tantas décadas antes numa pequena cidade da sua França profunda, a "verdadeira França".

Raras vezes falava. Limitava-se a sorrir e a pintar.

Os seus quadros mostravam paisagens melancólicas ou eram autorretratos psicologicamente profundos. Às vezes, revelavam um homem sombrio por trás do sorriso generoso. Outras vezes, deixavam vazar uma alma inquieta. Quem teria sido o senhor Dupont na juventude? Por onde teria andado? Ninguém tinha respostas para questões tão simples. Num dos autorretratos, talvez o de acabamento mais demorado, Dupont exibia um olhar feroz e lábios retorcidos. Não parecia ele. Mas, de algum modo, era ele. Uma confissão? Uma prece? Um pedido de ajuda?

Quando Monsieur Dupont chegava do supermercado, puxando o seu carrinho branco de duas rodas, sempre alguém corria para ajudá-lo a subir as escadas. Era um homem querido, admirado e silencioso. A pintura dele parecia acompanhar as estações do ano. Era alegre na primavera; quase erótica no verão; melancólica no outono; devastadora no inverno. Em dois anos, foram, ao menos, quatorze autorretratos completos. O simpático senhor Dupont morreu repentinamente. Não foi possível ver a remoção do corpo. O edifício tornou-se mais sombrio.

Ficou à janela o seu último e inacabado autorretrato.

Um esboço apenas riscado em magras linhas pretas.

A cada manhã, o autorretrato parecia sorrir para o observador. Nenhum familiar apareceu para tomar posse do apartamento. Se não se soubesse da morte do pintor, seria possível dizer que a qualquer momento retomaria o seu trabalho. Havia tubos de tinta ao alcance da mão. Foi por essa época, alguns meses depois da morte de Dupont, que algo começou a acontecer com o seu autorretrato inacabado.

As linhas começaram a enfraquecer.

Estaria a luz dos dias mais embaçada pela tristeza das horas? Seriam as lentes do espectador? Era um simples efeito natural?

Nessa época, por alguma razão inesperada, surgiram histórias sobre o passado do pintor. Teria lutado na Segunda Guerra Mundial, resistido na clandestinidade ao invasor nazista, mostrado coragem e bravura. Chegou-se a dizer, embora os fatos não encaixassem nas datas, que teria lutado na Guerra Civil Espanhola ao lado, claro, dos republicanos. Os mais velhos do edifício – num edifício de velhos esquecidos da própria idade – sorriam quando falavam dele. Eram sorrisos mais quentes do que a calefação dos "studios" singelos e apertados. Os idosos pareciam lembrar-se repentinamente de coisas importantes sobre Dupont que mereciam ser contadas, mas tão sagradas que deviam restar desconhecidas dos curiosos. O nome dele não passava indiferente. Provocava reações de apreço e alegria. Sem alarde.

O autorretrato definhou junto com a árvore durante um outono mais gelado que o normal. Por fim, a planta entregou-se. A pintura resistiu mais alguns meses. O seu último suspiro aconteceu num começo de fevereiro. O sol não dava as caras havia dezessete dias. O céu estava tão baixo que parecia tocar a cabeça das pessoas. A temperatura andava empacada em um grau negativo. A torre de Montparnasse não projetava mais sombra por falta de luz. A última obra do senhor Dupont apagou-se de vez. Da janela nada mais se via. Nem um traço do rosto.

O último risco preto sumiu na tela branca deixando um vazio.

Nesse dia em que a imagem do autorretrato apagou-se de vez, a Senhora Vaillant, como era conhecida, voltou das suas andanças pela cidade com uma carga ainda maior de jornais velhos e revistas.

Era acumuladora.

Enchia três apartamentos de papel impresso.

Estava cabisbaixa.

Parou no jardim, sob a árvore raquítica, à luz glauca do dia sem expectativas, como que esperando alguém para desabafar.

– Que houve?

– Uma morte?

– Quem morreu?

– O grande amor da vida do Senhor Dupont.

– Quando foi isto?

– Hoje, pela manhã.

Ela nunca o perdoara por ter se exposto a morrer na Espanha.

Uma morada

Contava-se que ela havia passado a vida lutando contra homens, doenças e intempéries. Dizia-se que criara sozinha onze filhos e enfrentara oito tormentas de derrubar casas e deixar muita gente desesperada. Durante muito tempo, teve um apelido: a flagelada.

Era alta, magérrima e de olhos muito negros, duas bolas escuras que pareciam cintilar à beira do abismo. Era também uma mulher de fala forte, voz rouca, agravada pelo cigarro, não menos de trinta por dia, do palheiro ao sem filtro, o que viesse, qualquer coisa que lhe permitisse sair do ar e se manter contemplando as volutas da fumaça.

Garantiam que não tinha medo de coisa alguma, que lutara de mão nuas contra um brutamontes que tentara estuprá-la e que o botara para correr. Era uma velha seca, irônica, incapaz de um gesto de afeto ou de simpatia. Dizia o que pensava e pensava o que dizia para melhor atingir seus objetivos: mostrar seu desprezo pela humanidade com seu teatro de bondades. Andava pelos 90 anos e parecia enfrentar a morte furiosamente. Dos filhos, não tinha notícias. Nem queria, Sabia, por alto, dos falecidos: cinco. Contava-se que em noites de lua cheia saía para passear pelos campos e que nessas madrugadas era feliz na solidão que a deixava livre dos pesos da existência. Reclamava pouco, insultava muito, passava dias em silêncio. Assim vivia e morria.

– Meu silêncio diz tudo – era o máximo que concedia a algum vizinho.

Apesar do seu jeito esquisito, era amada por quase todos. Gostavam-se da sua coragem, da sua franqueza, alguns até falavam de uma ternura escondida por trás dos gestos de fera indomável. Muitos nem sabiam mais o nome dela. Era chamada simplesmente de "a velha". Contava-se que prometera a si mesma viver cem anos para debochar das agruras da vida. Servira durante décadas de parteira, de benzedeira e até de responsável pela ordem nas redondezas. Impunha respeito, resolvia litígios, dava bons conselhos, sentia pena das jovens apaixonadas. Com o passar do tempo, ficou mais impaciente e menos propensa a ouvir longas e repetitivas histórias.

Odiava políticos e poderosos de todos os tipos.

Sentia prazer em não receber os candidatos em busca do seu voto e da sua influência junto aos vizinhos. Contava-se, pois muito se conta quando se tem tempo e gosto pelo que não se conhece suficientemente, que, quando moça, sonhava com a felicidade, usava flores nos cabelos e acreditava num futuro melhor. Então a vida se encarregara de encaixotar os seus sonhos e de mudar o seu riso.

Não se contava, porém, quando havia perdido tudo.

Ficara sem casa. Vivia na cidade num quarto emprestado por um velho conhecido. Quando se imaginava que estava esgotada, que só esperava o fim para se livrar dos tormentos, ela se revelou mais firme do que nunca. Queria viver. Viver e realizar algo. Mais do que isso, deu para dizer a quem quisesse ouvir que tinha um sonho.

– Um sonho?

– Sim, a Velha tem um sonho.

A notícia espalhou-se como um acontecimento improvável.

Com o que podia sonhar a velha?

Contava-se que homens faziam apostas enquanto jogavam cartas ou discutiam futebol, mulheres especulavam sobre esse sonho, crianças se interessavam pelo assunto, todos queriam entender como podia aquela mulher árida ter um sonho, algo que a maioria, mais nova, já não tinha. Por alguns meses, pois ela fazia do seu novo silêncio um trunfo, foi cercada de atenção na busca obsessiva por uma resposta. Teriam até lhe oferecido dinheiro para revelar o seu sonho num programa de rádio, que ela não ouvia, pois estava quase surda.

Conta-se que numa tarde mormacenta de janeiro, com um temporal prestes a desabar, ela disse com a sua voz grave um pouco mais vibrante para quem pudesse ouvir (nunca se soube quem foi o primeiro a saber, embora cada um se gabasse de ter descoberto o seu sonho):

– Quero voltar para casa.

Que casa era essa?

A velha queria retornar ao lugar onde havia nascido, um lugar perdido na campanha onde vicejava solitário um cinamomo. Sonhava em ter uma casinha ali para viver os seus últimos anos. Desse ponto de observação, podia-se enxergar um enorme vazio. A comunidade, sempre tão dispersa, mobilizou-se como se, de repente, tudo fizesse sentido.

O dono da terra aceitou que lhe erguessem um rancho no meio do nada para que ela fincasse suas raízes por alguns anos, a morte não devia demorar. Um mutirão foi organizado para erguer a morada. Até políticos contribuíram para a compra do modesto material – tábuas, pregos, latas – necessário à construção da residência. Num final de semana de fevereiro, a casa foi erguida com rapidez e pobreza.

Um rancho de duas peças: quarto e cozinha.

Uma latrina a dez passos do cinamomo. Caía a noite quando tudo ficou pronto. Os homens embarcaram na carroceria de um velho caminhão e partiram. Ela ficou só no lugar que escolhera para viver depois de tantas lutas encarniçadas com o destino. Sentia-se vitoriosa. A lua cheia banhou os campos naquela noite. Ela passeou até onde as velhas pernas lhe permitiram. Deitou-se no catre com colchão novo. Fez questão de manter a sua cama. Morreu ao amanhecer com o sol faiscando na cobertura de lata reluzindo de tão nova, feita para durar muito.

Nota fiscal

Lucas era um adolescente tranquilo. Batia uma bola redondinha e jogava charme para as meninas, que correspondiam entusiasmadas. Morador da periferia, via-se no centro do mundo, o seu mundo, o mundo dos seus familiares, dos seus amigos, dos seus amores e dos seus dias. Gostava de games, de rap e de um ousado visual hip-hop. Enfim, era um rapaz que como os outros amava a vida, a música e os jogos eletrônicos. Sempre que saía de casa, a mãe, dona Nilda, dizia-lhe:

– Leva os documentos.

Ele obedecia. Uma vez, estava pronto para sair com o Serginho, parceiro de baladas, peladas e confrontos virtuais sem fim.

– Não esquece de levar documento – recomendou dona Nilda.

– Tá.

– Por que ela sempre diz isso? – questionou Serginho.

– Porque negro sem documento é suspeito – explicou Lucas.

– Suspeito de quê?

– De tudo.

– Engraçado. Nunca suspeitam de mim.

– Claro. Você é branco.

Serginho descobriu um hábito curioso do amigo. Lucas parecia um fiscal do ICMS. Pedia nota fiscal de tudo. Até de boné em supermercado. Na época, comprar CD era um barato. De resto, ainda se falava "barato". Era um termo que Lucas havia aprendido com o pai. Falar "barato" dava um ar mais velho. Lucas falava "barato" para a Luíza, que tinha dois anos mais do que ele e belos olhos negros. As coisas acontecem quando menos se espera. Parece uma conspiração do universo contra os distraídos, mas é algo muito pior do que isso, uma coisa que se dissimula apesar de ser muito evidente. Quem falava assim era o Seu Raniel, pai do Lucas, que gostava de uma pegada filosófica. Essa conversa era sobre racismo estrutural, o tema da sua vida.

Numa tarde de verão, Lucas esqueceu de pegar documento. Saiu sozinho para dar uma volta no bairro. Entrou no supermercado para comprar um CD que vinha namorando: "Nó na orelha". Era fã do Criolo. A conspiração do destino, que é como alguns chamam a soma dos erros e preconceitos humanos, estava em marcha. Em breve, seria uma estatística. Os telejornais não lhe dariam mais do que uma nota. Saiu do super meio correndo para encontrar a Luíza e mostrar a novidade. Os seus belos cabelos black ornavam a sua corrida. Serginho gritou. Não foi ouvido. Minutos depois, seguranças corriam atrás de Lucas. Foi pego antes de chegar à parada do ônibus. A conversa foi rápida:

– Correndo de que, neguinho?

– De nada. Pressa mesmo.

– Que tem aí?

Os seguranças eram dois armários brancos. O mais volumoso escancarou a sua impaciência. Quis ver o que o guri carregava.

– Um CD do Criolo – disse Lucas.

– Cadê a nota? O ticket, moleque.

Lucas revistou-se. Não achou o papel. Sentiu medo. Tentou correr. Foi alcançado e espancado até morrer. Serginho viu tudo.

Na calçada, o corpo e o CD. No chão do supermercado, o ticket.

Banal.

– Acidente de trabalho, derrapagem – sustentaria a defesa.

Naquela noite a televisão exibiu uma longa e comovente reportagem sobre uma cadelinha que se perdera num aeroporto.

Por trás das aparências

As pastas de documentos são generosas em histórias mesquinhas e tristes como certos crepúsculos no campo, se a imagem diz algo.

Anoitecer na "querência" é tema de poesia.

A burocracia nunca se constrangeu com a sua única missão: registrar com letras inclinadas para a direita a banalidade de um tempo que parecia não ter fim. Letras que lembram uma chuva em diagonal – chuva "guasqueada" na linguagem da fronteira com o Uruguai, entendendo-se por fronteira todo o oeste do Estado.

O olhar passeia por certidões de nascimento, transferências de escravos de uma cidade para outra, relação de negros a serem libertados pelo Fundo de Emancipação, listas de escravizados e dos seus "senhores", habilidades, profissões, preços, defeitos físicos.

Num desses papéis pode-se ler, em formulário impresso com espaços preenchidos à mão, que em 16 de abril de 1880 nasceu o filho da escrava Josepha, solteira, matrícula número 73 do munícipio. O nome da criança tornou-se ilegível, assim como o do proprietário da escrava, que registrava o nascimento em função do decreto 4.835 de 1º de dezembro de 1871, que regulamentava a Lei do Ventre Livre.

O que terá acontecido com o filho de Josepha?

Terá ficado sob a guarda do senhor até o 13 de maio de 1888, pois a legislação permitia que o amo se ressarcisse dos gastos com os rebentos dos seus escravos, até que eles completassem 21 anos, cobrando-lhe em trabalho não remunerado a comida e os trapos que lhes havia fornecido? Outra folha amarelada dá conta de que um escravo campeiro se mudou em 22 de maio de 1872 de uma cidade fronteiriça para outra. Foi mudado. Terá voltado algum dia? Como terá vivido?

Os documentos contam histórias em números, com poucas palavras, limitando-se ao que a lei exigia. Não contam, por exemplo, essa história que Marcolina, benzedeira no Beco da Ladeira, nome que se perdeu com o tempo, dando lugar ao de um general homenageado por alguma barbárie, repetia sempre que sua memória se tornava melancólica e imperativa, ordenando-lhe que deixasse sua língua falar. Então ela, encarquilhada, soltava brasas numa chaleira fervendo e entrava numa narrativa que se afundava em detalhes estranhos, em nomes impronunciáveis e em coisas que os vizinhos brancos rechaçavam:

– Tudo mentira dessa negra velha caduca.

A história que ela contava acontecia em várias cidades, ora numa, ora noutra, sempre, claro, nessa fronteira tão longa.

Uma história de homens que cruzavam as linhas divisórias ao amanhecer ou ao cair da noite trazendo do outro lado gado contrabandeado. Vinham em silêncio sombrio, o que só era interrompido por gritos repentinos de "*êra*, boi, *êra*, boi". Marcolina, com voz rascante, imitava os gritos que não ouvira daqueles homens, mas herdara da sua mãe, que ouvira da mãe dela. De olhos fechados, Marcolina já não era ela mesma, mas um gaudério cruzando fronteiras, voltando ao Brasil com gado cuja propriedade era duvidosa.

Então, dizia ela, com voz mais circunspecta, como se fosse o próprio burocrata falando, em algum momento se resolveu fazer valer a lei. As passagens mais conhecidas começaram a ser controlados. Os governos não queriam mais saber de contrabando. Em poucos meses, boiadas foram tomadas de contrabandistas de poucas palavras e muita coragem. Eram homens marcados pela chuva, pelo sol, pela natureza. Quando lhes tomavam os bois, dez, vinte, trinta, não se insurgiam, não reclamavam, seguiam em frente com ar sorumbático. Não ficavam presos.

Um burocrata alemão, sabe-se lá por que cargas d'água envolvido nessa fiscalização prometida ao fracasso, notou uma regularidade estranha em muitas das situações controladas: muitos homens, poucos bois. Observador de constantes, o alemão chegou a uma regra: mais homens do que bois. Os capatazes das empreitadas entregavam os bois sem protestar. Não aceitavam, porém, que lhes tirassem os cavalos.

O alemão, apegado ao seu rigoroso método de observação, chegou a pensar que esse fosse o verdadeiro objeto do contrabando.

– É cavalo que vocês trazem do outro lado? – perguntou um dia.

– Não, senhor, são eles que nos trazem – obteve como resposta.

Riu. Uma segunda constante chamou-lhe a atenção: para cada três brancos, bem armados, havia sempre sete ou oito negros. Despojados do gado, seguiam todos como um rebanho tocado pelos brancos sisudos. Iam-se pelos campos em procissões de melancolia. Vez ou outra, assobiavam.

Naqueles tempos imemoriais – palavra que Marcolina pronunciava com muita clareza como que para destacar a atmosfera terrível daquilo que narrava – chegava o dia em que tudo se confundia em algum bolicho com muita aguardente. Foi numa dessas ocasiões que o alemão se embebedou com um condutor de tropas. Quando já eram velhos amigos, lembrou-se de saciar a sua curiosidade de classificador de coisas:

– O que vocês contrabandeiam de fato? Gado é que não é.

– Ora, não entendeu ainda?

– Não.

– Negros.

Exercício de nostalgia

Cresce como uma ânsia.

Não dá mais para segurar.

Então você conta.

Mas conta do seu jeito, fingindo lembrar o que esqueceu, lembrando quase só do que inventou, afogando-se na linguagem, lambuzando-se de palavras, sentindo as dores da memória perdida, infectando-se a cada frase, cada retorno ao começo de tudo.

Por quanto tempo você foi um homem silencioso? Cada palavra lhe saía lentamente. Nunca havia razões suficientes para falar. O silêncio era a sua prece matinal. No entanto, você sorria, abraçava e declarava seus afetos em monossílabos que jorravam da sua boca tão seca, dois, três, até quatro, nunca mais do que isso. Não lhe faltaram crises sobre as quais tivesse tanto o que dizer. Nunca disse. A primeira crise foi de consciência. Olhou a miséria em torno e não encontrou resposta. Depois vieram as paixões, as desilusões, os projetos, as utopias, as ambições e, finalmente, as promessas de fim de ano. Todo ano você prometeu ser melhor e até acreditou na sua sinceridade.

Quantos livros você leu em busca de uma educação sentimental, de uma iniciação existencial, de algo que fizesse sentido como uma revelação. Quantos rituais procurou para se inserir numa liturgia? Quantos tradições tentou abraçar para pertencer a alguma coisa sólida? Houve o tempo em que você lia Carlos Castañeda e Lobsang Rampa. Os seus inimigos, anos mais tarde, zombariam dizendo que depois de tantas iluminações você acabaria à sombra de Paulo Coelho. Contar sempre foi o seu problema, talvez o seu desejo, quem sabe a sua dor, aquilo que não lhe ocorria, não vinha naturalmente, embora houvesse essa vontade entranhada de contar, de cantar, de vazar em praça pública como uma fonte luminosa, não como um hidrante avariado ou um cano rompido.

Mais do que tudo, no seu silêncio cordial, você temia a solidão. Durante anos a solidão assumiu diferentes formas e cores: a geada, o vento sibilando na madrugada, o negrume das noites de tempestade, o crepúsculo, sim, cada entardecer foi para você uma melancolia impossível de ser tragada, uma bebida amarga, o primeiro fel da vida.

Nascido e criado no subúrbio da capital, você via o centro da cidade como um lugar distante, estranho, perigoso. No seu bairro, aconchegante como um vilarejo, as árvores frondosas ofereciam sombra e frutos para quem tivesse vontade de levantar a mão. Esse pequeno paraíso, de ruas largas e vizinhos sentados em cadeiras nas calçadas nas noites de verão, ficava à margem da grande avenida que cortava a metrópole de fora a fora com sua poesia de concreto e cinza. Você amava esse verde interiorano, esse cinza da cidade grande, essa mistura de cores que se fundiam a cada anoitecer enquanto ônibus lotados tentavam levar uma espécie de migrantes de cada dia de volta para essas casas baixas e alegres debruçadas sobre o tempo passado.

Sim, você conta que havia felicidade nessas casas de periferia, nesses lares que se degradariam com as transformações sociais e o avanço do asfalto progressista e incontestável.

Nessa época, você queria ser cantor de rock, jogador de futebol, famoso, sobretudo famoso, enquanto colecionava soldadinhos de chumbo e paixões não consumadas por meninas esquisitas e com piercing no nariz. Depois, as primeiras fantasias morreram, embora você cantasse e jogasse bem, os estádios eram distantes, faltava dinheiro para chegar todos os dias aos treinos, os soldadinhos de chumbo passaram a figurar como lembranças de uma inocência perdida, tão perdida quanto as próprias lembranças, que você detesta, pois criar é muito mais divertido do que lembrar. Quando tudo ruiu, você descobriu os livros e os filmes, tudo o que não interessava no seu entorno e o tornava mais solitário.

Então, no limite, arame esticado por uma máquina anacrônica, você conta sobre a segunda grande crise: seguir em frente ou desistir? Os filmes foram ficando cada vez mais complexos, de "Era uma vez no Oeste" a Lars Von Trier, por fim, em maratonas noturnas, as séries mais sombrias da Netflix. As leituras também mudaram radicalmente. Quantas horas você dedicou aos escritos de Raimundo Lúlio? Algo você procurava, alguma coisa que precisava ser suficientemente forte para iluminar o seu caminho e liquidar essa solidão que se erguia a cada entardecer como um vulto gigantesco estendendo sua tristeza sobre as águas crispadas do rio que não era rio. Foi aí, você conta, que surgiram leituras perigosas como as do místico cujo nome não se pode pronunciar e, mesmo depois da separação, você ainda não se atreve. Nesses últimos dias antes do divisor de águas, você submergiu. Da sua boca saíam apenas frases esdrúxulas, quase poéticas de tão áridas.

Foi por esses dias que você começou a praticar seus "exercícios de nostalgia" sem designar suas óbvias influências nem revelar suas mágoas mais profundas. Quando a dor se tornou permanente, você começou a contar. Toda a infância que lhe brotou de um golpe surgiu reescrita vertiginosamente, golfada de vômito, poema sujo, maldição, rap, viagem na surrealidade cotidiana, temporadas sem iluminação, casas noturnas, caminhadas ao amanhecer, delírios, brigas combinadas à saída de jogos de futebol, uma estranha necessidade de adrenalina, de sangue e de autopunição. Pelo que você se punia? Por se inventar uma biografia, por não saber se arrancar desse mutismo mais doloroso que uma condenação, por ter medo do escuro, por se lembrar nitidamente do que não viveu e se esquecer por completo do que chegou a anotar em cadernos nunca usados em sala de aula, onde você dormia ou sonhava? Ou por ter errado uma punhalada e sofrido um corte no braço esquerdo?

Viver no subúrbio, nesses arrabaldes povoados por gente vinda de outras periferias, as pequenas e distantes cidades do Interior com suas mitologias, seus personagens e suas melancolias, fez você conhecer homens esquisitos, errantes, meio sonâmbulos, que se diziam pedreiros, jóqueis, padeiros, ginetes, contadores e até rufiões. Quantas vezes amanheceu com algum deles ouvindo histórias que não podiam ser provadas nem desmentidas salvo pela autenticidade que se derramava como uma gosma melecando cada palavra dita com orgulho triste e persistente? Então você se emocionava como se ouvisse uma confissão ou tivesse perdido para sempre um amigo numa luta corporal.

Num dos seus exercícios você se lembra do terminal de ônibus, dos motoristas e cobradores assoleados com suas camisas azuis de mangas curtas, de um matagal logo depois do final da rua fechada por uma tela, de um açougue de paredes descascadas, da praça com seu telefone de fichas e da escola apinhada de adolescentes afogueados. Você se lembra de tudo o que agora conta como se tivesse urgência de confessar seus desatinos, sabendo que poucos o entenderão, alguns o acharão abstrato, digressivo, dispersivo, necessitando de terapia. Você já não se importa com o que possam dizer, quer apenas revelar o que sempre temeu, mais até mesmo do que o medo de morrer que sentiu ao ser perseguido pelos rivais de sua gangue naquele verão passado na tristeza de um litoral sem magia nem esperança. Sal puro e areia.

O escritor deve mentir ao máximo para dizer mínimas verdades, admitindo-se que o mundo existe fora da mente de cada um, o que se pode deduzir da morte de alguém. A vida, como se diz, continua. A poesia é sempre concreta como um tanque de lavar roupas ou uma pandorga coleando no céu da Semana Santa. Você, porém, não é escritor nem jamais soltou pandorgas ou se interessou por lavadeiras. Se fosse escritor, para cada lembrança – pois todo autor, disseram-lhe numa conversa de bar, reutiliza alguma coisa do seu passado – colocaria noventa e nove mentiras literárias enfileiradas. Não dá mais para segurar: você conta. E conta como se disso dependesse a sua vida ou o seu lugar no mundo, esse mundinho que lhe escapa como uma criação.

Você sabe que viveu pouco como se fosse muito, sem ter viajado, sem jamais ter deixado a sua cidade, sempre vagando entre o centro e o subúrbio, entre a "cidade" e o seu canto, colecionando impressões e fantasias por falta do que fazer de mais importante. Por trás de tudo, dessa fachada tão tênue, esse seu rosto de compensado, esse medo, a coisa mais constante da sua existência, de ficar só. Medo da solidão eterna e da solidão terrena. Medo da travessia e da permanência na mesmice da sua vida. Medo do chamamento místico e da sua incapacidade de se entregar. Medo das ruas e de não poder mais voltar a elas. Enfim, medo de ser varrido por um temporal como cisco ou um pássaro. Sim, você conta que se sentiu pássaro em algum momento, quando voava sem sair de casa, mergulhado em livros que abriam as "portas da percepção" ou prometiam uma saída. Você foi a baleia em Moby Dick, o peixe em "O velho e o mar", o touro em "O sol também se levanta".

Não adianta mentir, nem é isso que pretende, você sabe que não foi um grande leitor. Apenas esteve suficientemente desocupado para virar páginas e páginas em longos e cinzentos invernos. Por vezes, levou livros para os bares mais sórdidos e bebeu de graça resumindo as histórias, com a leitura de alguns parágrafos e a invenção de outros, para ladrões, assassinos e vagabundos que nem o nome se dignavam a dizer. Ou que a cada noite se apresentavam com um nome diferente. Tudo isso passou sem um momento de ruptura. Simplesmente ficou para trás. Você passou a usar fones brancos nos ouvidos e a escutar funk o dia inteiro. Aquilo que o pai lhe deixou bancou a sua preguiça dia a dia. Não era muito. Nem você precisava de muito. Às vezes, temendo um pior nunca designado, você pedia para morrer de alguma doença fulminante.

Como nada na sua vida foi coerente, você deu uma guinada e descobriu o jazz com um ex-presidiário que encontrou num bordel. Ainda havia bordéis nos lugares por onde você andava. Eram ambientes tristes, mas acolhedores, onde se juntavam pessoas com ricas biografias. O cara, estelionatário simpático, perguntou, rindo:

– Como pode, você leu todos esses caras e nunca ouviu Chet Baker?

Durante algum tempo, só conseguia ler no silêncio absoluto. Outra época, só a música silenciava a sua ansiedade. E as caminhadas. Você conta que compreendeu zanzando como um andarilho que o submundo, mesmo se essa palavra não existia no vocabulário do seu mundo bizarro, era uma espécie de território do subúrbio mesmo quando localizado no centro. O jazz não durou na sua vida, como tudo, salvo o medo da solidão, trocado por ritmos mais violentos e sombrios como um gênero do sul dos Estados Unidos chamado "trap", que descobriu num canal a cabo. Foi nessa época que você pegou o hábito de murmurar onomatopeias e ganhou fama de louco, mais precisamente o "louco dos fones". Foi assim que virou o louco do bairro, o "louco da aldeia", personagem de uma história sem autor que, de vez em quando, lhe apetecia escrever.

Nunca rabiscou uma linha. Faltava-lhe, talvez, paciência para o duro trabalho de evocação. Era visto caminhando ao longo da interminável avenida cinza ouvindo o ronco dos motores e o silêncio da alma. Era dela, da sua alma, que mais se ocupava em pensamentos. Falar da sua alma para estranhos parecia-lhe um ato obsceno. No fundo, você era pudico e não ficaria nu em praça pública pelo possível alívio de um desabafo. Ouvir era a sua máxima mínima. Escutar para não ter de contar-se. Nas camas por onde passou, sem entusiasmo nem arrependimento, não deixou confissões nem pedidos. Agora, depois do acontecido, você conta para a tela do computador o que houve.

Não dá mais para segurar, você conta: pegou o vírus certamente na última vez em que foi tomar uma cerveja. Os bares ainda estavam abertos. Sentiu os primeiros sintomas cinco dias depois: tosse, coriza e cansaço. Como não tinha febre, deixou-se ficar esperando a melhora. O termômetro, porém, sinalizou o perigo numa quinta-feira ao cair da tarde. Foi sozinho ao hospital, onde ficou apenas três dias. Com o resultado positivo e receita de paracetamol foi mandado para o isolamento em casa. Não lhe deram cloroquina. Trancado no seu quarto, recolhe pratos de comida deixados na porta. Ninguém se atreve a chegar perto. O tempo não passa. Os livros não interessam. A música soa como um barulho insuportável. Sente saudades da avenida cinzenta e fuliginosa. Conversa com amigos ausentes. Fala sozinho. Conta.

Conta que pensou em ir embora, em começar outra vida muito longe sem nunca se decidir por um lugar qualquer por ter a certeza de que não se separaria da sua origem e de si mesmo. Conta que sonhou com a felicidade sem nunca saber como defini-la nem onde procurá-la. Conta que se apaixonou por uma menina da noite a quem não confessou seu amor por nada ter a lhe oferecer de seguro. Conta que roubou livros só pelo prazer da transgressão e o que os leu para diminuir o sentimento de culpa.

Conta que visitou um hospital psiquiátrico para ver como era e que marcou consulta com um psicanalista, tendo esquecido a data do encontro. Conta que abandonou os estádios de futebol quando se sentiu entediado com os jogos e as brigas e subitamente revoltado com os salários dos jogadores. Conta que viu um negro ser espancado pela polícia e sentiu vergonha por não ter tido coragem de defendê-lo.

Conta que sempre anulou o voto ou simplesmente não compareceu para cumprir seu dever eleitoral. Conta que flertou com a esquerda e namorou com a direita sempre platonicamente. Conta que se interessou por poesia e pensou em se mudar para o campo onde viveria com seus bichos, seus discos e suas lembranças do que não fora. Conta que sempre quis se sentir normal e nunca soube o que o separava das outras pessoas. Conta que lamenta ter feito mal a estranhos e que sente falta da mãe. Conta que ainda se lembra da primeira namorada, do primeiro beijo, do primeiro filme visto de mãos dadas com ela e de como o futuro lhe surgia límpido e certo a cada manhã a caminho da escola. Conta que não sabe quando tudo começou a mudar nem a razão.

Amanhece no seu velho bairro de árvores generosas e casas de olhos fechados durante a pandemia. Tem sol. Ainda que seja inverno, sopra uma brisa de verão. A natureza oferece uma compensação aos confinados. Será um lindo dia. Não dá mais para segurar. Você conta. Agora, o essencial. Conta tudo numa *live* sem espectadores. Conta que encontrou na sua coleção de vinis um LP de Luís Melodia e chorou recordando dessa paixão esquecida e de um show no Porto de Elis. Conta que imaginou ser um garoto do Estácio e acordou um guri da sua comunidade. Conta que morreu todo dia ao não ter forças para viver embora luzes se acendessem nos confins da sua memória afetiva.

Você conta que pensou em ser um hippie tardio, extremista de alguma causa, discípulo de algum guru. Nada funcionou. Você sabe o que aconteceu: medo. É disso que se trata. Você sempre foi paralisado pelo medo. Não dá mais para segurar, você conta o medo que sente agora:

– Medo de ficar para sempre com o vírus, isolado, confinado.

Não é possível? A ciência não tem certeza disso. Pouco se sabe de fato sobre o vírus. Tudo é novo, complexo, contraditório. Você tem medo e conta: estar para sempre sozinho pode ser pior do que morrer.

Nos rastros de Gardel

Eleutério Guimarães, o enigmático uruguaio que conheci em Paris, originário de Tacuarembó, era um milongueiro de alma e instrumento. Mas não desprezava o tango. Uma vez, falamos de Carlos Gardel como se fosse um assunto corriqueiro entre nós. Eleutério tinha chegado de uma das suas tantas viagens a Toulouse, suposta terra natal da mãe do rei do tango, e parecia fascinado com alguma descoberta. Estava sempre investigando alguma coisa que nunca chegava a revelar por inteiro, preferindo semear pistas, indícios, possibilidades. Lembro-me como se fosse agora que ele pediu a sua taça de vinho da casa e ficou absorto por longos minutos de outono. Era tanta a sua compenetração que esqueceu de tirar o "chambergo" preto. Para ele, com seu rígido código de honra, era vergonhoso ficar de chapéu em qualquer ambiente fechado.

– Dias assim me fazem pensar em Dom Carlos Escayola – murmurou.

– Em quem?

– Dom Carlos Escayola era o pai de Gardel. Mandava e desmandava, no seu tempo, em Tacuarembó. Era um homem de bigodes retorcidos e alma.

– Não sabia.

– Como podem ser ignorantes os brasileiros, Vito – zombou.

– Você o conheceu?

– Claro que não. Morreu em 1915.

Então, como se estivesse em transe, estremecendo de quando em quando, ele me contou o que todos sabiam, menos eu, dos três casamentos de Escayola, com as irmãs Oliva: Clara, Blanca e Maria Lelia. Ainda ouço sua voz se apequenando quando chegou a certo ponto.

– Dom Escayola foi padrinho de batismo de Maria Lelia. Quando ela tinha 13 anos, fez-lhe um filho. A Igreja autorizou o casamento.

– Por que precisou de autorização da Igreja?

– Era incesto padrinho casar com afilhada.

Fiquei saboreando a história que, saída dos lábios dele, parecia grandiosa. Falou longamente sobre a paixão de Carlos Escayola pela música, disse que o povo lhe colocava nas costas mortes que não teriam a sua assinatura, contou que lhe atribuíam 50 filhos, mas que não seriam mais do que 48, e destacou o seu amor pela arte e pelo sexo.

– Não podia viver sem fornicar – disse, e sorriu como se tivesse falado algo indevido ou pecaminoso. Era, no fundo, um homem pudico.

Eu sabia da polêmica sobre o local de nascimento de Gardel, mas ignorava tudo sobre os detalhes dessa suposta origem uruguaia. Eleutério me olhou firme. Havia uma gota de sangue nos seus olhos:

– Gardel, o filho de Dom Escayola e de Maria Lelia. Percebes?

Eu não percebia realmente a enormidade dos fatos. Para mim, ouvinte sazonal de tango, Gardel era filho de certa Berthe, cujo sobrenome, Gardès, viraria Gardel em Abasto, nos subúrbios de Buenos Aires, bairro do mercado inspirado nos Halles de Paris. A mãe de Berthe – por que eu me lembrava disso? – teria sido dona de uma chapelaria. Quando lhe disse isso, Eleutério, envergonhado, arrancou o "chambergo" da cabeça e como que se desculpou com o dono do café.

– C'est ça – disse no seu francês sibilante.

– É isso o quê?

– A mitologia. Tudo em torno de Gardel é fumaça e mito – afirmou.

O garçom magérrimo, como se estivesse nos ouvindo, mexeu na velha jukebox. A voz de Gardel ecoou melancólica. Era "lejana tierra mía". Eleutério Guimarães, sempre tão frio e racional, embargou a fala. Não sei até hoje se vi de fato a lágrima que senti rolar no seu rosto. Sobreveio em mim um estranho cansaço. Foi aí que lhe perguntei:

– Se Gardel nasceu em Tacuarembó, como foi parar em Toulouse?

O rosto dele expressou um cansaço inexplicável maior do que o meu. Uma ambulância passou. O florista que nunca sorria surgiu na porta com o seu avental verde. No outro lado da rua de Vaugirard, na pracinha Camille Claudel, via-se o cartaz de um filme de Mathieu Kassovitz, estrela ascendente do cinema francês. Lia-se o título facilmente: "La Haine". Havia ódio no olhar de um homem na mesa ao lado. Era um ódio somente contido que procurava um ponto de fuga. A conversa caiu com a tarde. Eleutério fechou-se num mutismo como se eu não estivesse ali. O tango morreu na máquina saudoso da terra distante. Nunca soube o que ele procurava em Toulouse e na vida.

Busquei nas livrarias uma biografia de Gardel. Alguma coisa me desviou do caminho até que um jornalista bêbado, numa noite em que estive sozinho no café onde encontrava Eleutério Guimarães, me contou que também investigava a vida de Gardel e que ele teria praticado pequenos crimes na juventude e mudado de identidade algumas vezes para escapar da prisão. Foi categórico: ele nasceu em Toulouse. Ponto.

– Consegui uma cópia da folha corrida policial dele – contou.

– Do Gardel?

– De quem estamos falando, senhor?

A ambiguidade era mais espessa do que o dia nebuloso.

– O que ele fazia?

– Dizia que tinha uma herança para receber num lugar distante e pedia adiantamento de dinheiro para ir buscar a sua fortuna – soprou.

Por longos meses, esqueci dessas histórias, especialmente depois que Eleutério Guimarães desapareceu para nunca mais voltar. Numa tarde de inverno, entrei no café. O garçom magérrimo me abordou sorridente:

– Lembra do uruguaio do chapéu preto?

– Lembro sempre. Eleutério Guimarães

– Eleutério Guimarães Escayola

– Como?

– Esse era todo o nome dele.

Saí dali determinado a nunca saber a verdade.

O homem que venceu Juan Dahlmann, ou jogo de dama

João Anacleto desceu do trem em Palomas às 15h35 de um dia de sol pálido. Era um 4 de julho. Mas não fazia o frio costumeiro nem o céu se exibia como uma placa de chumbo. Havia poucas nuvens. Uma delas, mais longa e espessa, tinha a forma de um jovem elefante. A primeira coisa que o forasteiro viu foi uma bergamoteira carregada. Parecia uma mulher como um vestido alaranjado. Por isso ele terá sorrido? Caso se possa chamar de sorriso um risco nos lábios. O homem saiu da plataforma da estação com passo lento, o corpo oscilando para a direita. Vestia-se inteiramente de preto. O chapéu de aba larga escondia-lhe o olhar também sombrio. Ao passar diante da capelinha azulada, descobriu-se por um minuto. Não se benzeu. Tinha bastos cabelos grisalhos. Seguiu pelas ruas como se soubesse exatamente aonde ia. Caminhava com os olhos fixos no horizonte. Ao chefe da estação, sem qualquer motivo, dissera com voz embargada e grave:

– A morte começa com o nascimento.

Entrou no bolicho da vila como se cumprisse o seu destino, esse termo que designa as previsões realizadas que nunca foram feitas. Não fosse um desconhecido, seria possível acreditar que procurava a sua infância ou algum esquecimento subitamente lembrado. Teve um estremecimento ao tirar o chapéu para cumprimentar. De trás do balcão, o dono do lugar, um homem soturno, esquelético e amarelo, de barba grisalha e suja, respondeu com um murmúrio em tom de lástima:

– Juan, ao seu dispor.

– Juan?

– Juan Dahlmann, senhor.

Anacleto teve a impressão de conhecê-lo de algum lugar ao sul. Havia livros por todo lado. Uma mulher bonita e jovem apareceu e desapareceu rapidamente fazendo farfalhar a cortina de plástico que separava o bar da área privada da casa. Havia um baralho sobre o balcão. O bolicheiro serviu-se de um copinho branco e liso de cachaça. Ergueu lentamente os olhos, fitou o visitante e perguntou:

– Um trago?

– Venha daí.

Em pouco tempo eram velhos amigos trocando confidências que se adensavam com a melancolia da penumbra e os latidos de um cão na estrada. Três ou quatro vezes ouviu-se a expressão "mais ao sul ainda". Depois, era o silêncio, um silêncio de cortar com machado. A tarde já caía cinzenta e irredutível quando Juan Dahlmann confessou:

– Foi assim que perdi tudo.

– Tudo?

– Tudo mesmo. Até esta casa. No carteado.

– Tudo?

– Não me sobra nada. Só me resta a Marcela.

– Por que não a aposta?

– A Marcela?

– Por suposto, homem. Tem valor. A Marcela contra as suas dívidas.

– Com quem?

– Comigo, ora.

– No truco?

– Não, o truco é muito lento. No velho e bom jogo do nove.

O jogo do nove é um pôquer simplificado. Cada jogador recebe duas cartas. Vence quem faz mais pontos num máximo de nove. As cartas de dez em diante são chamadas de negras e nada valem. Se um jogador tem sete pontos em mão, mas acha que o adversário tem oito, pode pedir uma terceira carta. Se receber um dois, está feito. Se receber um três, vai a dez. Dez é igual a zero. E assim por diante.

– Tchê, a proposta me tenta, mas de uma vez só é muito arriscado.

– Numa melhor de três.

Fez-se um silêncio solene. Ouvia-se o minuano assobiar lá fora como se fosse um violino langoroso. O inverno, com o cair da noite, voltava a galopar como um potro de imaginação. Um gato preto com uma pata branca subiu no balcão e postou-se ao lado do baralho numa pose de bibelô. Havia dois assim sobre uma mesa. Marcela afastou a cortina e olhou para os dois homens como se esperasse uma explicação. Teria ouvido? Os seus olhos eram negros. Profundamente escuros. O desconhecido encarou-a sem o menor pudor. Ela pronunciou uma palavra, que se perdeu abafada pelo apito do trem na curva do Alto Grande.

Dahlmann embaralhou as cartas sem tirar os olhos do rosto do forasteiro. Havia todo tipo de sulco na cara do homem. Escalavrada, essa era a palavra que se usava para rostos assim tão cheios de rugas e certamente de crimes. Os poucos minutos em que o dono da casa ficou misturando o baralho pareceram tão longos que, talvez perturbado,

João Anacleto murmurou como se o silêncio exigisse uma explicação:

– A eternidade dura muito tempo.

– O tempo de ganhar ou de perder tudo – respondeu Dahlmann.

– Só a morte nunca perde – respondeu o estranho.

Coube ao bolicheiro dar as cartas. O desconhecido deixou as suas se acumularem sobre a mesa. Só as recolheu depois que o adversário já conhecia as que a sorte havia lhe destinado. Começou a abrir lentamente o par de cartas que lhe tocara. Nenhuma luz brilhou nos seus olhos opacos quando viu um sete de ouro resplandecer. Contemplava as faces de Juan Dalhmann como se esperasse ainda uma confissão. Perscrutava cada sulco do rosto do oponente, que se mantinha impassível, embora de uma rigidez incomum, feito um mármore. Tinha as duas cartas sobrepostas. Afastava-as lentamente com os polegares e os indicadores. O cachorro latiu. Dahlmann sentenciou:

– O destino lhe deu uma negra.

– Baralho não é gado para ser marcado, parceiro.

– Perco tudo, mas nunca trapaceio. Li nos teus olhos. Quer mais uma?

– Raramente a vida nos dá uma segunda chance – disse Anacleto.

O recém-chegado largou as duas cartas sobre a mesa, meteu as mãos nos bolsos do casaco preto e sacou apetrechos de fumante. Começou a enrolar lentamente um cigarro. Envolveu o fumo amarelo e cheiroso numa seda muito fina e branca. Não tirava os olhos do bolicheiro. O gato preto colocou a patinha branca nas costas das cartas do desafiante, que lambeu o cigarro, para fechá-lo, sem expressar a menor emoção. A saliva empapou o papel. Os lábios do homem ficaram lustrosos e intumescidos. Marcela fechou a cortina com um gesto brusco. O minuano assobiou mais forte. O trem apitou como se estivesse perdido.

– Sete pontos – cantou o visitante.

– Oito – respondeu Dahlmann.

– Sorte no amor e nos negócios – resmungou o forasteiro.

– Sorte?

– Mas não se pode ter tudo na vida, parceiro.

A segunda rodada foi mais rápida. Ninguém pediu cartas. O anfitrião arredou com a mão esquerda um livro que lhe tolhia os movimentos: *A metamorfose*. Um sorriso acendeu uma faísca no seu rosto tão cheio de velhos sulcos que lembrava uma lavoura abandonada:

– Oito pontos – gritou.

– Nove – balbuciou o desafiante.

O cachorro desatou a uivar. O trem já se perdera na distância. Era o vento que assobiava furiosamente. Juan levantou as cartas da sua terceira rodada depois de um trago mais alentado. Viu uma dama de copas surgir no lado direito das cartas. Um sete de espadas ergueu-se no outro lado. Era pouco. Talvez fosse o suficiente. Marcela surgiu mansamente e espiou por cima do ombro do marido. Seu olhar escureceu de vez. Já o rosto do desconhecido parecia petrificado. Pediu mais uma carta. Juan sentiu o sangue voltar a circular no seu corpo.

– Nove pontos – cantou o viajante.

• • •

Dois anos depois, num bolicho de Rivera, um homem alto e magro, de cabelos louros encaracolados e olhos de um azul faiscante, interpelou a mulher de corpo esguio que embaralhava cartas encostada no balcão como se esperasse um cliente ou brincasse de tirar a sorte.

– Como se chama?

– Marcela.

– Brasileira?

– Como tu.

– Sou Pedro Fischer. Queres ir embora comigo?

– O que eu ganharia com isso?

– Um homem.

– Prefiro jogar. Se perder, vou embora contigo.

– E se ganhar?

– Tu matas um homem para mim.

– Em que jogo?

– Nove. Uma única rodada.

A tarde estava quente. Marcela sacudiu a saia colorida. O homem riu. A blusa cavada deixava antever o despenhadeiro dos seios da moça, era ainda moça, que se inclinou deixando ver um pouco mais. Marcela distribuiu as cartas sem tirar os olhos dos olhos do recém-chegado. A sua mão era ruim. Duas negras. O homem pediu carta. Marcela também.

– Um ponto – confessou o jogador.

– Três – revelou Marcela.

João Anacleto Tenório morreu com um tiro no peito meia hora depois. Pouco lembrava do que decidira o seu destino em Palomas. O cabelo era uma imensa geada. O rosto, uma terra abandonada. Ao cair, sem esboçar resistência ou surpresa, fez a sua última frase.

– Agora é que começa a grande viagem para o sul.

Marcela e Pedro Fischer desceram do trem em Palomas num dia pálido e triste. Era um 4 de julho. O céu estava muito azul, melancolicamente azul. Diante da capelinha, Fischer benzeu-se. Entraram no bolicho de Juan Dahlmann quando o trem apitou no Alto Grande e o cachorro uivou em resposta. A miséria parecia ter completado o seu avanço. O bolicheiro bebia a sua cachaça com gestos tão lentos que não pareciam verdadeiros. Pousou os olhos no rosto da mulher. Depois, percorreu todo o corpo dela com uma expressão de nostalgia. Ela retirou o baralho das mãos dele. Sentou-se na pequena mesa de jogo em frente a Pedro Fischer. Embaralhou. O gato preto com uma patinha branca saltou para o balcão. Na mesinha, os bibelôs eram dois cacos amontoados. Pela janela, via-se uma nuvem-elefante.

– Se eu perder, continuarei sua enquanto quiser – disse.

– E se ganhar?

– Cumpra o prometido no outro dia.

– Não prefere um ponto final?

– Não. Justo o que me prometeu.

– Tem certeza.

– Nunca tive tanta certeza.

Fischer recebeu uma dama de copas e um valete de espadas. Como terceira carta, um ás de ouro. Marcela exibiu um sorriso mortal.

– Nove pontos.

Um livro caiu aos pés do bolicheiro. Uma nesga laranja anunciava o crepúsculo. Juan Dahlmann seria castrado meia hora depois.

• • •

Cego, Borges pedia ao sobrinho que lesse para ele as obras completas do seu homônimo argentino e ditava-lhe contos inspirados nos personagens que tanta amava, especialmente os ligados ao imaginário do Sul. O seu último conto ficou incompleto. Ele levou dois tiros de um desconhecido quando tentava avisar o menino do perigo que corria.

Viviam em Palomas, onde Borges tinha um bolicho.

Dizia-se do menino que era belo como um potrinho.

Tio Lia

Cinco horas. Tio Lia levanta. Todo santo amanhecer. Faz 48 anos que repete os mesmos gestos precisos. Ergue-se do catre, veste a bombacha, recolhe o poncho de baeta encarnada com o qual se tapa, lava o rosto numa bacia branca esmaltada. Tira de sob a cama um penico que faz par com a bacia. Vai até o fundo do pátio jogar a urina fora.

Durante muito tempo, saía para o pátio no meio da noite e aliviava-se olhando as estrelas ou sentindo o vento frio no rosto crispado. Já não tem saúde para enfrentar a intempérie. Urina cada vez mais. Acende o fogo, prepara o mate, busca o petiço no potreiro atrás do rancho. Nunca muda a ordem das suas ações. Toma o seu mate sentado num banco rústico de madeira de espaldar alto. O seu único conforto é o pelego vermelho sobre o qual se abanca sem fazer barulho.

Faz frio. O minuano ainda sopra. Amanhece tarde e cinza.

Tio Lia anda na escuridão sem tropeçar. Conhece cada palmo do chão que o sustenta. Um galo canta melancolicamente. Um pássaro pia. Todos na mesma ordem. Sempre. Quando tio Lia mateia, seu olhar perde-se num fundo infinito. Parece estar vendo muito longe. Talvez não esteja vendo mais do que um palmo adiante dos seus olhos castanhos esmaecidos pelo tempo. Talvez nem procure ver. Flutua. Toma oito mates. Ao final, sabe que está na sua hora. A bombacha que veste é parda. As paredes que o cercam, deixando passar por velhas frestas o vento úmido do final de agosto, são cor de tábua sem pintura. Acima do fogão à lenha, o único colorido é o de um calendário com a imagem da virgem Maria adornada com um manto azul. Uma folhinha de 1953. O dia 23 de novembro está assinalado com um xis. Tio Lia não se lembra a razão. Entre um mate e outro, ocorre-lhe de pensar nisso. Procura um motivo, um nome, um acontecimento. Nada. O galo canta. Desiste.

Tio Lia encilha o petiço zaino. No passado, tivera cavalos altos e rápidos. Já não consegue levantar a perna muito alto. O petiço é mais fácil de montar. Mesmo assim, se for para cavalgar sem estribos, encosta o animal na raiz de um cinamomo cortado sabe-se lá quando – um verão de 1964? – ou recorre a um banquinho de três pernas.

O petiço não se move. Tia Lia tosse. É uma tosse seca. Herança dos 40 anos em que fumou palheiros para distrair o tempo. A sua casinha tem três cômodos: quarto, sala e cozinha. Na sala, onde nunca fica, jaz um rádio ABC. Faz mais de vinte anos que deixou de ouvi-lo. Acabaram-se as pilhas. Esqueceu-se de comprar outras. Está ocupado.

A maioria ainda dorme na vila quando tio Lia, montado no seu petiço manso como um cão velho e cansado de batalhas e rodeios, toma o seu rumo diário. Outrora, mas isso faz tanto tempo que nem se lembra quanto, seguia-o um cachorro baio. Morreu picado por uma cobra. Tio Lia inspira o ar de manhã. É um dos gestos mais intensos que repete invariavelmente. Parece experimentar um grande prazer. Passa diante de uma casa branca com muitas janelas azuis. Dentro dela, uma mulher sacode um menino na cama. Tem a voz rouca, espaçada e triste.

– Levanta, guri. Tio Lia já passou.

Quando chove ou faz muito frio, tio Lia usa o mesmo poncho que lhe serve de cobertor. Só a cola, a cabeça e as patas do petiço ficam de fora. Um chapéu marrom de aba larga cobre a cabeleira basta e branca do velho. Alguns fios estranhamente negros insistem em desvirtuar a geada que lhe devasta a cabeça. O trajeto de tio Lia é sempre o mesmo, embora tenha duas possibilidades: a rua da frente e a rua de trás. Passa na frente do bolicho onde, décadas antes, apeava, no retorno, ao final da tarde, para um gole de cachaça. Atravessa os trilhos sem olhar para os lados. O último trem passou há 13 anos.

• • •

Por um segundo, tio Lia desvia os olhos da estrada arenosa à sua frente. A primeira luz do dia abre uma clareira no horizonte. No seu lado esquerdo, surgem as águas da lagoa irisadas pelo vento. Criança, tio Lia jogava pedrinhas na água para produzir círculos. Ninguém o batia. As suas especialidades eram essa e as pandorgas. As suas sempre subiam, não coleavam e pairavam no ar como geometrias coloridas. Tio Lia passa pela lagoa sem parar. Jamais faz o petiço diminuir o trote. Uma luz, porém, parece embaçar o seu olhar. Ali, poucas vezes entrou, salvo para resgatar seus patos e marrecos. Cavalga com as rédeas soltas sobre o pescoço do cavalo. O que poderia lhe dizer? Como ele, o petiço faz os mesmos gestos desde sempre e nunca se engana.

A lagoa fica para trás. A superfície enrugada das águas permanece na mente do homem até se fundir com a imagem seguinte. Uma floresta de troncos de eucaliptos cortados por uma motosserra. Tio Lia não usa metáforas. Para quê? Com quem? Nunca ouvirá a palavra metáfora. Fala cada vez menos. Ouve, no máximo, vinte palavras por dia. Mas pensa em árvores abatidas. Essa expressão aflora nos seus lábios secos. Não tem pelos eucaliptos o apreço que vota às pitangueiras e outras árvores da mata que margeia o arroio da sua infância. Ainda assim, seu coração se aperta diante daqueles restos.

Aperta os calcanhares na barriga do petiço. No seu caminho, cada lugar tem sua história. Na tapera da direita, de onde se via o trem passar resfolegando como um cavalo cansado, um soldado se enforcou. Saberá um dia o motivo? Na chácara da esquina, uma esquina que não existe mais, um marido matou a mulher. Não se impede de pensar: como pode uma esquina deixar de existir? Uns cinquenta metros à frente, novamente à esquerda, viu, em 23 de março de 1942, a mulher mais bonita que a vida lhe permitiu contemplar. Quem fim terá levado?

Ela povoa alguns dos seus sonhos. Faz tempo que não os tem. As suas noites são visitadas com mais frequência por pesadelos dos quais pouco se lembra, salvo de um corpo de homem flutuando numa barragem. Essa imagem, às vezes, deixa-lhe um gosto amargo na boca e uma sensação de ressaca que carrega enquanto se desloca para o trabalho. Demora para dissipar-se. Faz o petiço apertar o passo. Precisa chegar cedo. É uma ideia estranha, pois nunca se atrasa. Também jamais se adianta. Suspira. O animal responde com um trote mais sustentado.

Mais adiante, ao fundo, avista a fachada de tijolo de uma casa que lhe assombra desde a primeira vez. Por que nunca encontrou um jeito, em tantas décadas, de desviar-se para conhecê-la? Não tem tempo a perder. Entra na parte do percurso que mais gosta. Um longo trajeto plano cercado de verde. No alto das coxilhas, alguma casinha branca. Quando pensa em paz, pensa nessa parte do seu caminho diário. Ao longe, o cerro de Palomas. Um platô que lhe faz pensar nos poucos livrinhos de faroeste que leu na vida. Adolescente, amava subir o cerro para soltar pandorga e contemplar outros platôs, tão próximos e tão distantes, que nunca se atreveu a visitar apesar de se encontrarem a um galope de cavalo. O petiço diminui o passo. O dia já venceu a escuridão. Tio Lia enche os pulmões. Ninguém sabe que se dá esse desfrute todas as manhãs. É um dos seus segredos mais sagrados.

Um fio de água corta a estrada avermelhada. O silêncio é tamanho que se ouve o borbulhar da água. Peixinhos coloridos escondem-se na parte um pouquinho mais profunda, junto à cerca que separa um sem fim de campos muito verdes da estradinha que serpenteia como se estivesse perdida. O petiço muda lentamente a sua trajetória. Não obedece a qualquer comando. O rosto de Lia é um manuscrito, um pergaminho, um campo cheio de sulcos onde, algum dia, talvez tenha florescido um sorriso ou um desejo intenso. De quê? Nada, nada mesmo se revela.

O petiço para.

Tio Lia apalpa a própria cintura.

Cada gesto marca a lentidão de uma vida que se esvai.

Tem uma faca prateada atravessada nas costas. Ergue os olhos. Avista o pequeno cemitério sobre a colina. Um túmulo verde, outro azul, um branco, outro sem pintura. Noutros tempos, usava também um revólver de cabo de madrepérola. Depois, desarmou-se para sempre.

Remexe na sua guaiaca. Tira uma massa branca, que asperge na água. Farelos de pão. Uma nuvem de peixinhos colore a linha d'água. O rosto do ancião não se altera. Algo dentro dele é que se mexe. Um observador muito atento perceberia uma súbita luz no seu olhar opaco.

• • •

O caminho da paz é finito. O cemitério toma o lugar da massa verde dos campos. O sol lambe o alto dos túmulos. Um boi muge não muito distante. O barulho de um automóvel, na estrada asfaltada do outro lado da nesga de pasto à direita, chega como um ronronar. O petiço, por conta própria, para diante de um mausoléu. Um medalhão amarelado guarda uma foto apagada. Já não é possível identificar o rosto ali sepultado. Tio Lia tira o chapéu. Fica por alguns instantes imóvel. Não reza. O que faz? Em que pensa? Não move um músculo. O petiço estremece. O velho sabe que está na hora de seguir. Cobre a cabeça. Avança. Mais alguns metros e estará diante da casa do cego. Sabe que nessa hora ele já se encontra à janela farejando passantes.

Todo dia, bom ou ruim, tio Lia chega à porteira do seu destino. Em quase 50 anos, faltou duas vezes. Uma por doença. A outra, numa segunda-feira, por uma razão que jamais confessou. Apeia, abre passagem, puxa o cavalo para dentro do campo, fecha. Poderia soltar a rédea. Não o faz. Para quê? O petiço não fugiria. Não importa. Questão de técnica. É um procedimento. Como tal, deve ser respeitado.

O patrão prometera-lhe, sem que pedisse, uma cancela que pudesse abrir sem apear. Não cumpriu. Não se vê cobrando. Seria uma confissão de fraqueza e de cansaço. Um passo para a aposentadoria forçada. Jamais se permitiu qualquer reclamação. A última parte do percurso é ainda mais solitária. Até a possibilidade de cruzar com alguém é nula. Nunca aconteceu. A paisagem é de uma beleza dolorida. Nas três árvores, que sempre lhe surgem como um acontecimento ou uma referência, pássaros mantêm seus ninhos. Já lhe ocorreu de acompanhar a construção de uma casa, por um joão-de-barro, como se fosse a sua.

O último passo é a travessia do pequeno arroio antes da casa onde passa os seus dias. Cada vez que o transpõe, sente que deixa algo importante para trás. A jornada de trabalho é monótona. Tudo se repete há décadas. Cabe-lhe rachar lenha, limpar os chiqueiros, tirar água do poço, dar comida para os animais, varrer os pátios e fazer pequenos reparos. Quando chove, passa horas no galpão engraxando velhas cordas ou fazendo novas. Troca seis frases por dia com seus patrões. Todas na mesma ordem, da chegada à partida. Duas no almoço. Nunca mais.

Retorna antes do anoitecer. É um percurso mais rápido. Sem paradas. Ganha doze minutos. A vista da lagoa ao anoitecer o faz suspirar. Ao passar diante do bolicho, onde os homens se reúnem para jogar truco, beber e maldizer a sorte, ouve sempre um comentário:

– Eta, velho Lia. Cravadinho na sua hora.

– Dizem que guarda segredos terríveis.

O petiço apressa o passo. Já não o cumprimentam. Sabem que não responde. Balançam a cabeça. Quando venta, ainda lhe chegam, com hálito de cachaça, outras frases que nunca deixam de ser ditas:

– Um grande desgosto, parece.

– Não foi um crime?

Não ouve o resto: teria rompido com a mulher ao tentar dar-lhe um beijo no rosto. Ela estava terminando uma costura e o afastara. Teria jurado nunca mais dirigir-lhe a palavra. Jurado e cumprido. Mais de trinta anos de silêncio total. Depois, enfim, a separação.

– Não, isso não foi o Lia. Foi outro, o Chico.

• • •

Tio Lia desencilha. Lava o lombo do petiço. Dá-lhe uma ração de milho. Solta o animal no campinho. Acende o fogo. Prepara o mate. Há muito que não janta mais. Toma oito amargos. Sabe que não pode exagerar. Qualquer excesso lhe custa uma noite dura. Joga a erva fora. Lava a cuia. Escruta os céus para saber o tempo que fará. Senta-se sobre o pelego vermelho e fica, à luz da lamparina, esperando a hora de dormir. A sua sombra projeta-se na parede. Jamais dorme antes das nove horas. O tempo escorre lentamente. Ele passa a sua vida a limpo. Revê tudo o que fez. Lembra-se de cada viagem da vila ao trabalho. Sabe o exato momento em que fez a sua escolha. Não se arrepende.

A emoção, de vez em quando, arranca-lhe o que ninguém pode imaginar: uma lágrima. Ela desce pelo seu rosto como o fio de água onde borbulham os peixinhos coloridos. Tio Lia permanece imóvel. Petrificado. Apenas lambe o sal. Espera que passe. O vento sopra. Uma coruja pia. Repentinamente, quebrando uma rotina de tantas décadas de solidão, tio Lia seca a lágrima. O gesto impensado o assusta. Sente o coração oprimido. Fraqueja. Agarra-se ao que pode. Quer ainda viver. Promete-se fazer tudo diferente na manhã seguinte. Arrasta-se para o catre. Tira a bombacha parda. Deita-se. Faz muito frio. Puxa até a cabeça o poncho de baeta encarnada. Dorme. Sonha. Depois, é acossado pelo seu eterno pesadelo. Acorda sobressaltado. Pouco lembra. O galo canta. Um pássaro pia. Levanta-se. Veste a bombacha parda. Recolhe o poncho de baeta encarnada. Lava o rosto na bacia esmaltada. Leva o penico até o fundo do pátio. Está muito leve. Urinou várias vezes. Só uns pingos. Acende o fogo, prepara o mate. Vai buscar o petiço.

Chama-o como faz desde sempre: "Tiço, tiço, tiço..." Não obtém resposta. Não ouve o resfolegar do animal. Onde pode estar? Sempre o espera próximo à porteira. Sente que lhe falta o ar. As pernas já não o sustentam. Faz muito frio. Busca um apoio. Está longe da cerca. Desaba. Quando acorda, o sol está alto. Um fio de sangue empapa a sua camisa parda. Um corte no rosto arde-lhe como uma brasa na mão. Firma as duas mãos na terra e ergue-se com extrema dificuldade. O corpo inteiro lhe dói. A cabeça gira. Sabe que está queimando de febre. Não pensa no patrão. A única imagem que lhe vem é a da água irisada da lagoa.

Depois, sem razão, uma pandorga vermelha no céu azul. E o trem dobrando junto à casa do enforcado. Põe-se de pé. Respira fundo.

Percebe que está um lindo dia. Como poderia saber que é o primeiro dia de setembro? O ar puro e fresco o faz renascer. Move uma perna. Oscila. Move a outra. Sorri. Está caminhando. Mexe os lábios. Busca as palavras no fundo de si. Sente que está vazio. Sussurra:

– Tiço, tiço, tiço...

Joga-se para frente. Anda. Cambaleia. Promete não se entregar. Por fim, enxerga o animal. Um corpo inchado estendido no chão. O seu rosto de pedra se decompõe como uma figura estilhaçada. Balbucia:

– Então, finalmente ficaste livre de mim!

Por quem der mais

Contava-se que Damião havia deixado sua terra natal acreditando numa vida melhor, a vida que sua família já não tinha por causa dos conflitos que se alastravam na região, disputas que se enredavam em parentescos, obrigações, dívidas e lealdades, pois naquela época, onde ele vivia, famílias também sonhavam com dias melhores e faziam escolhas que valiam como pequenas apostas. Contava-se também que ele fora contratado para carregar marfim da sua aldeia até o porto de Quelimane, de onde partiam escravos para o Novo Mundo, esse mundo tão novo que ninguém conseguia imaginar, muito menos desejar, embora dele se falasse por ouvir dizer, histórias contadas por homens que apareciam e desapareciam armados e assustadores, inclusive homens brancos falando línguas incompreensíveis. Diziam que ele ficara deslumbrado ao ver o rio dos Bons Sinais, na sua grandeza triste, e que nesse dia o céu estava tão claro que o azul parecia tragar as pessoas como um precipício no ar. Sabia-se que ele fora obrigado a andar por quase um mês, percorrendo centenas de quilômetros, talvez mais de mil, até ver o rio aproximando-se do mar como uma ilusão.

A lembrança dessa longa marcha seria sua companheira em cada dia da sua vida até o momento em que tomou a decisão mais difícil de uma existência que sempre lhe escapava como a curva dos rios da sua infância. Contava-se, muitos anos depois, em rodas de conversas sussurradas, em noites quentes junto a Baía da Guanabara, que ele jamais havia aceitado o destino, o ponto de ruptura, o momento em que fora vendido junto com o marfim e embarcado à força para nunca mais voltar à sua aldeia nos confins de Moçambique. Garantiam que na viagem, na terrível e longa travessia, ele pedira pela mãe como uma criança abandonada, mas demonstrara uma coragem inútil tentando lutar com seus sequestradores, tendo sido chicoteado até sangrar. Falava-se do vermelho intenso do sangue nas suas costas negras e belas como a África que ele nunca mais veria, salvo nos seus sonhos e delírios.

Contava-se, antes e depois de tudo que aconteceu, como se narrar mudasse os fatos, que Damião queimava de saudades do seu lugar, que tinha a África no coração, como se não pudesse se libertar de um passado obsessivo, e que nem os filhos o faziam parar de sonhar com um retorno impossível ao seu ponto de partida. Dizia-se que no dia 18 de fevereiro de 1854, essa data que ficaria marcada na mente de todos, como se o calendário estivesse sempre afixado face aos olhos de cada um, Damião ouvira o seu dono, o velho e empertigado oficial de gabinete de um diplomata, ler no jornal uma notícia sobre um decreto, diziam o número do decreto, como se isso tornasse a tristeza ainda maior e oficial, decreto 1.331. Descrevia-se o tom de voz de velho leitor, exagerava-se, talvez, certamente, multiplicavam-se as vozes, já não era um homem que lia a notícia, eram muitos homens, todos nobres, todos ricos, todos empertigados, todos de rostos emaciados, como se a pele se escamasse durante a leitura, todos de barbas brancas e cartola, todos senhores de muitos escravos e tementes a Deus.

Aqueles que contavam o que contavam pareciam cumprir um ritual, de lembrar, de passar de geração em geração aquela lembrança feita de dor e espanto, ritual de resgatar a história de um homem, aquele homem, o negro Damião, aquele que não esquecia o passado, não amava o futuro, não vivia no presente, não se conformava, não se libertava, diziam alguns, sim, alguns brancos, aquele que ouvira o que não devia e enlouquecera: "Artigo 69: não serão admitidos à matrícula, nem poderão frequentar as escolas: os meninos que padecerem moléstias contagiosa; os que não tiverem sido vacinados; os escravos".

Sabia-se que ele ouvia contrariado as leituras de notícias sobre leilões de escravos e fugas de negros, que se mordia, entonava, esbravejava, saía porta fora debulhando as palavras como se fosse livre para ter arroubos: "acha-se preso na cadeia desta cidade um preto que diz chamar-se João Crioulo e pertencer a certo João Bunda, de Sorocaba ou arredores, de quem teria fugido por não aguentar os maus tratos, mas deve ter sido por ser preguiçoso a considerar os sinais de castigo nas costas, medindo altura regular, fino de corpo, com falta de dois dentes na frente e sem um dedo da mão direita".

Contava-se que ele fechava os olhos quando ouvia coisas assim, deste quilate, "este juízo recebe propostas em cartas fechadas, seladas e assinadas para serem abertas em 8 de agosto em audiência, a fim de serem arrematados por quem mais der, os escravos abaixo mencionados". Repetia "por quem mais der" como se não pudesse parar de falar, doentio, insano, assustador, "Martin, cor preta, de 56 anos de idade, casado com a escrava Isabel, africano, de trabalho pesado, pedreiro, avaliado por 1:500$000", por quem der mais, "João, cor preta, de 51 anos de idade, africano, casado com a escrava Alexandrina, avaliado por 100$000)". Ele ouvia e fremia de raiva.

Caminhava pelas praias, deixando para trás as casas aglomeradas, vilarejos com pretensões de cidade, rumando sempre para o sul, sempre para mais longe, contemplando o mar encapelado, orientando-se pelos morros, sentindo a melancolia dos desterrados, mastigando as palavras, transtornado com os preços, como podia esse João, que desconhecia, valer tão menos do que o outro, de onde vinha essa avaliação que marcava homens com preços tão vis, esses preços que só tomava conhecimento pela voz dos outros, dos homens que sabiam ler, o que lhe era negado, mais do que negado, proibido, interditado aos seus filhos com a negra Mariana, escrava, escravizada como ele, cujo preço poderia a qualquer momento aparecer num jornal para que fosse comprada por quem der mais, avaliada por... Por quanto? E ele mesmo por quanto seria avaliado se o dono resolvesse vendê-lo ou tivesse de fazer dinheiro com ele para pagar as dívidas que dizia não mais controlar? Conta-se que ele odiava os homens com os seus jornais, os senhores pomposos passando os olhos em anúncios, "aluga-se um sobrado na rua da Palma, n. 4", tudo bem, tudo bem, mas nunca estava tudo bem pois, pois outras ofertas lhe pareciam infames, "aluga-se uma mulatinha de 14 anos, própria para todo serviço doméstico e aluga-se também uma casa situada na rua dos Afogados, n. 84", assim como se "vende um touro gordo e próprio para tirar excelente raça por preço módico". Como podia ser desse jeito? O que ele podia fazer por si e pelos outros?

Então, ele, o negro Damião, que antes tinha outro nome, um belo nome africano que só pronunciava para os seus, na mais densa intimidade dos seus rituais, ele que sofrera o impossível, dias e dias caminhando com a carga de marfim, sentindo fome, cansaço, sede, sofrendo castigos, ele que via o mar em certas tardes nebulosas e chorava como havia chorado na travessia dantesca, ele, o escravo melancólico, decidiu que precisava fazer alguma coisa, manifestar sua rejeição a essa lei que impediria seus cinco filhos, três meninos e duas mulheres, de aprenderem a ler e a escrever, o único caminho, segundo lhe ensinara um velho negro, liberto depois de décadas de cativeiro, para alguma liberdade ou para a sonhada emancipação.

Numa segunda-feira, com o sol a pino, o sol que o levava a sentir a África queimando dentro de si, Damião saiu de casa preparado para fazer o que mudaria para sempre a sua vida de escravo, uma vida que só se tornava vida de fato nos braços da sua mulher, no amor dos seus filhos, nos sonhos com a sua aldeia. Contava-se que, no caminho, ele parecia compenetrado, como se estivesse em outro lugar, transtornado, embora sob controle, aparente controle, como se viajasse no tempo, erguendo a cabeça para se perder na imensidão azul profunda do céu, aspirando o ar como se precisasse inspirar profundamente para sobreviver ou se manter focado, como se também necessitasse desviar o olhar de outros negros, que, a exemplo dele no dia a dia, carregavam barris de excrementos humanos para jogar no mar e, com a pele ulcerada por listras brancas, eram chamados de tigrada e sentiam-se inchados de horror e de humilhação. Contava-se, muito tempo depois, que parte daqueles negros, vindos de províncias como a do Rio Grande de São Pedro, entregues pelos rebeldes derrotados, teriam se tornado "voluntários da pátria" na Guerra do Paraguai, a mais cruel das guerras, para onde brancos aquinhoados puderam, por lei, enviar substitutos dispostos a correr o risco de morrer em nome do sonho distante da liberdade, essa obsessão que sempre fez viver.

Era um negro alto, de musculatura desenhada, braços longos torneados, fronte altiva, queixo proeminente, olhos de aço, mãos grandiosas, um negro imenso na cidade tórrida, marchando com seus badulaques, na cabeça um canjirão, que não era de fezes. E assim ele andou por uma légua, cada passo dado era uma pesada operação de deslocamento e ruminação. A figura imensa parecia se fazer menos notar pela imponência do seu físico do que pela gravidade do seu semblante. Ele se lembrava talvez da vegetação queimada pelos caçadores de escravos para obrigar os moradores e saírem das suas aldeias na sua terra natal, pensava, quem sabe, nos seus irmãos, que nunca mais veria, em como gostava do Brasil sem poder amar a terra da sua escravidão, avançava sob o peso dessa memória que o fustigava mais do que os açoites que recebia por ser rebelde e inconformado.

Contava-se que quando ele chegou diante da escola, uma modesta casa de madeira caiada, os alunos descansavam à sombra de uma frondosa mangueira. Então ele teria depositado o canjirão no chão. Mandou que todos se fossem. Foi uma ordem seca, sem ódio, sem rancor, firme, com uma voz solene que deve ter parecido estranha a ele mesmo. O professor veio até ele. Era um homem raquítico. Contava-se, muito anos depois, que ele teria dito ao mestre que partisse, que não lhe queria mal, que sabia da sua bondade, que lhe agradecia por ter começado a ensinar as letras para os seus meninos e que não tomasse para si o que ele ia fazer e fez para espanto e condenação. Sim, fez. O professor teria perguntado antes de ser escorraçado o que havia no canjirão e recebido como resposta lacônica, óleo de baleia, tendo surgido nos olhos do velho um lampejo de horror, enquanto Damião sumia por trás da casa e voltava com uma tocha. A escola ardeu como uma vela de defunto.

– Para que serve uma escola que não pode ensinar a todos?

Contava-se à boca pequena que Damião teria dito isso ao professor antes de agir. Dizia-se também que havia ficado contemplando as chamas, à espera dos que viriam buscá-lo, e que teria anunciado a sua disposição de queimar as 26 escolas primárias da Corte, tantos as masculinas como as femininas, nos dias seguintes. Contava-se que ele repetia sem parar uma espécie de ladainha: "Artigo 69: não serão admitidos à matrícula, nem poderão frequentar as escolas: os meninos que padecerem moléstias contagiosa; os que não tiverem sido vacinados; os escravos". Por suas ameaças e feitos, teria sido executado. Um homem teria morrido carbonizado dentro da escola, um escravo. As dúvidas sobre sua história começaram em seguida. Não seria possível queimar um prédio com tanta facilidade, muito menos com óleo de baleia, sem contar que as escolas seriam prédio enormes, nas praças, lembrando palacetes, e que não se perderia uma boa peça, um negro viçoso, executando-o por tão pouco. Nunca se encontraram registros do seu processo, a imprensa nada falou, não repercutiu, não falou.

Aplicou-se o artigo 192 do Código Criminal: "Matar alguém com qualquer das circunstâncias agravantes mencionadas no artigo dezesseis, números dois, sete, dez, onze, doze, treze, quatorze e dezessete. Penas – de morte no grau máximo; galés perpétuas no médio; e de prisão com trabalho por vinte anos no mínimo". Agravantes eram envenenamento, inundação e incêndio. Seria o fogo libertador? Um missionário explicou a parte técnica de uma execução: "No Brasil não se adota o cadafalso de alçapão. A forca ergue-se sobre três moirões, em forma triangular. A ela se sobe por uma escada e, quando a corda já está ajustada ao pescoço do condenado, este é içado pelo carrasco que, para abreviar a morte, se pendura nos ombros da vítima".

Contava-se que antes de morrer, um mês depois, num momento extraordinário de celeridade da justiça, que, contudo, espreguiçava-se em berço esplêndido, a majestosa baía da Guanabara, balbuciou com seu ar soberano e nostálgico: "Por quem der mais". Contava-se também que brancos espalhavam, depois disso, sem revogar a lei, que negros odiavam escolas e queriam destruí-las pelo fogo. Por caminhos estranhos, secretos, a história desse homem singular nunca parou de ser contada. Ainda pode ser ouvida, dizem, em encontros aos quais só têm acesso aqueles que descendem dos embarcados para o Novo Mundo no mesmo navio que trouxe Damião, o inconformado, o melancólico, aquele que aprendera que seus filhos precisavam aprender a ler e a escrever para alcançar a liberdade. Antes de morrer, viu de longe o mar.

Rosa Vermelha

Ela se chamava Rosa e adorava vestir-se de vermelho. Era chamada em Palomas de Rosa Vermelha. Nada sabia de política, mas achava Jango um homem bonito pelas fotos que vira numa revista ilustrada. Ainda não tinha 25 anos, embora a maternidade – quatro filhos – lhe desse uma gravidade que a fazia mais velha, o que era compensado pelo corpo rijo, o andar balançado e o olhar do fogo. Vicário, seu marido, dividia o tempo em várias fatias: o de comandar seus peões no cuidado das suas terras; o de passar as noites jogando cartas no bordel, onde aproveitava para se esbaldar com as meninas; o das carreiras de cancha reta; e o tempo cada vez maior de combater os comunistas, que viriam do Uruguai sob o comando dos exilados Leonel Brizola e João Goulart.

Rosa tinha poucas vaidades, afora seus vestidos vermelhos, muitos desejos e quase nenhuma atenção do esposo. Salvo quando Vicário "precisava" dela. Era mulher de cama e mesa. O seu papel era servir e estar sempre disposta. A sua maior diversão, aquela que lhe arrancava suspiros enlevados, era ir à estação ver o trem partir. Vicário desconfiava daquela distração tão singela. Mandou um dos seus homens vigiar a mulher. Quando ela chegava sorridente do passeio, perguntava:

– Perdeste alguma coisa no trem? Ou achaste algum homem?

Ela chorava. Furioso, ele decidia que era hora de emprenhá-la novamente (era a palavra que usava) para que tivesse ocupação. Os meses passavam-se, Vicário via a invasão comunista cada vez mais iminente, virava a maior parte das noites no carteado e na putaria, esbofeteava Rosa, ao amanhecer, com uma pergunta em forma de acusação:

– Por que não fica prenha, mulher?

Uma vez por mês, Rosa Vermelha comprava no trem revistas de fotonovela e uma cartela de anticoncepcional. Inconformado com a falta de gravidez da mulher, que abatia o seu orgulho de macho, Vicário, na falta de outra punição, proibiu Rosa de ir à estação. Nesses dias, devastada, ela perambulou pela vila toda como um fantasma de vermelho. Foi vista por um recém-chegado, um castelhano que recebeu prontamente o apelido de Tupamaro. Sem qualquer timidez, ele a interpelou:

– Como se chama, senhora?

– Rosa – ela balbuciou.

– Rosa, a vermelha.

Ninguém entendeu a sutil diferença entre Rosa Vermelha e Rosa, a vermelha, salvo o advogado, que lera a biografia de Rosa Luxemburgo. Ele avisou de imediato Vicário de que um comunista tupamaro andava de conversas com a sua esposa. O estancieiro armou-se até os dentes e saiu em busca da "vadia" e do inimigo ideológico. Quando chegou à estação, o trem havia partido fazia vinte minutos. Galopou inutilmente a cavalo atrás do comboio. Roaa, a vermelha, e o tupamaro não seriam alcançados. No bordel, Vicário encharcou-se de cachaça. Desabafou:

– Ela se vingou de mim.

– Não – disse-lhe a menina com quem se deitava.

– Como não, estrupício?
– Ela fez uma revolução.
– Deixando os filhos *pra* trás?
– Eles foram com ela.

Um cavalo

Contava-se, embora infelizmente não se tenha registrado a fonte,que Sexto Empírico teria dito que para Sócrates nenhum evento estranho acontece menos de três vezes. Sexto Empírico não deixou isso escrito. Sócrates também não. Como se sabe, embora não custe repetir, foi Platão quem escreveu por Sócrates. Os escritos de Sexto Empírico haviam desaparecido, mas reapareceram na segunda metade do século XVI.

Não se sabe onde Sexto Empírico nasceu. Diógenes Laércio teria dito que Sexto era grego e para ele todo grego mentia. Ora, Diógenes era grego. Logo, mentia. Logo, falava a verdade... É sabido, como se vê em páginas do cego Borges, que o silogismo bicornuto sempre ressurge. Quantas vezes? Ora, leitor, está dito. Ao menos, três.

Esta, porém, não é uma história sobre silogismos nem sobre o filósofo e médico cético Sexto Empírico, muito menos sobre o argentino Borges, que tudo vê e descreve, mas sobre um cavalo batizado de Empírico, o sexto animal de um homem chamado Laércio, amigo de João Domador. Depois do que vai ser narrado, com precisão e sinceridade, o mesmo fato teria acontecido outras duas vezes. Não adianta, portanto, reclamar autoria ou protagonismo, pois se trata aqui da primeira vez em que o estranho episódio teria ocorrido. Ele chegou a mim pelo próprio João Domador, a quem conheci numa aula de filosofia e tango, num subúrbio de Montevidéu, por volta de 1998. Ele estava com 98 anos de idade e esbanjava memória e agilidade nas mãos e nos pés. Tentei jogar truco com ele e perdi. Ele cansou minha mulher no tango.

A história em si é simples e comovente: um homem e seu cavalo. Certas circunstâncias não interessam. Nunca interessam. Por exemplo, o que fazíamos em Montevidéu. Na verdade, não faço parte da história. Apenas a recolhi da boca do veterano João Domador, que a considerava a melhor história da sua longa e atribulada existência. Aparências enganam e muito. João nunca montara um cavalo. O apelido de Domador vinha da sua capacidade de domar burros. Havia sido, no seu tempo, o melhor professor de matemática de toda a extensa Fronteira Oeste.

Peço ao leitor que preste atenção. Se por acaso se distrair, pensará que se trata de plágio de outra história, muito semelhante, ou de adaptação rasteira dos temas do já citado contador de causos Borges, que, segundo informavam fontes seguras, embora não o velho Domador, esteve em Palomas, onde teria discutido o silogismo dilemático no bolicho do Rubens com o outro Borges. Não se falava bicornuto para não provocar Pedro Galhudo, que levara dois chifres, nada entendia de filosofia e puxava a faca por qualquer palavra.

Vamos à história, que se faz tarde.

Laércio vivia sozinho com seu cavalo Empírico.

Um alazão fulgurante. Corriam juntos. Sim, juntos. Laercio gostava de exercícios físicos e precisava manter o seu cavalo em forma. Todo dia, ao nascer do sol e ao cair da noite, corriam uma hora. Um trote cadenciado. O único gosto – vício segundo os seus críticos – de Laércio era o jogo. Não resistia a uma disputa. Um dia, enquanto corria com Empírico, parou ao lado deles uma camionete Ford azul. Dela desceu um homem de terno de linho branco. Era primavera. Fazia pouco mais de 20 graus. A noite ainda demoraria a descer com sua "veludez". O homem tirou os seus óculos escuros e provocou:

– Aposto que você não aguenta duas horas correndo com o seu cavalo.

Laércio ficou vermelho. Sempre enrubescia quando desafiado. Não aceitava propostas sensatas. Deu logo o troco na sua melhor medida:

– Aposto a sua camionete como o cavalo cansa antes de mim.

– E se você cansar antes o que eu ganho?

– Minhas terras.

O estranho topou.

Laércio e Empírico começaram a correr em torno da vila, que era protegida por uma espécie de cinturão de areia fina. Passaram a noite correndo. Quando Empírico queria parar, Laércio o fustigava com uma vara de marmelo. Correram 36 horas e 23 minutos marcados nos relógios. O homem passou a noite acordado, sentado na sua Ford, controlando os movimentos do homem e do seu cavalo. Foi do seu posto de observação que viu o cavalo dobrar as patas dianteiras, ajoelhar-se e cair. Um ataque fulminante. Morreu soltando uma espuma branca pela boca.

O que se viu, então, surpreendeu a todos e continua surpreendendo, por suposto: Laércio deitou-se sobre o corpo do cavalo estendido no chão e chorou como uma criança. Chorava e pronunciava palavras incompreensíveis. Só se entendia uma frase inteira:

– Tu foste meu único amigo.

Ainda vejo o rosto de João Domador, um pergaminho repleto de inscrições, descrevendo minuciosamente esse final, que abreviei por não ter espaço para muitos diálogos e por detestar histórias cujos finais são adiados por digressões. O quase centenário João Domador sussurrava e seus olhos brilhavam como se acendesse um cigarro:

– Existe algo mais verdadeiro do que o amor de um homem por um animal?

A noite caía melancolicamente sobre o rio da Prata.

Escutando Carlos Gardel e tomando mate amargo nós pensávamos em Laércio e no seu majestoso cavalo alazão Empírico. João Domador era palomense. Era sabido que todo palomense, ao menos uma vez na vida, mentia. Logo, talvez João Domador mentisse. Ou falava a verdade. Uma coisa é certa: o cavalo Empírico existiu. João Domador tinha uma foto dele. Uma foto tirada pelo próprio Laércio. Não me esqueço de Domador.

Sou o único a saber dos crimes que cometeu.

Matou um assecla de Dan Mitrione.

Errou o alvo principal por um triz.

Ele mesmo me contou.

Duas irmãs

Naquele dia, pouco antes do jogo entre Flamengo e Corinthians na televisão, minha mãe me disse, como se me desse um conselho:

– Quando se pergunta por alguém de repente, existe um afeto.

Não dei bola. Minha mãe dizia coisas para preencher o vazio dos meus longos silêncios. Nessa época, eu não encontrava muito o que dizer. Tudo me parecia desnecessário. Eu me recusava a falar do tempo, de política e de notícias policiais. Não era por me achar intelectual. Nada disso. Simplesmente eu não estava a par desses assuntos. A minha bolha era outra, bem outra. Eu sabia do jogo entre Flamengo e Corinthians por uma razão bem simples: a televisão ligada na sala repetia isso sem parar enquanto eu almoçava antes de pegar o trem.

Nos meus pensamentos, burilados à exaustão, eu desenvolvia teses que se esboroavam depois da primeira frase quando eu tentava comentá-las com alguém. Então eu peguei o trem no ponto final e comecei a contar as estações encantado com cada recanto por onde passávamos.

Era tudo tão simples e, ao mesmo tempo, tão viçoso.

Havia muita vida naqueles bairros ensolarados, muita alegria incontida naqueles rostos que apareciam e desapareciam como moedas fulgurando quando tocadas por um derradeiro raio de sol. As imagens que se acumulavam na minha mente, como se eu as fotografasse inconscientemente, acordavam algo entranhado no meu imaginário.

Senti as mãos úmidas. Ainda faltavam nove estações. Numa delas, entrou um rapaz com a camisa do Flamengo. Era muito jovem e louro. Fiquei calculando a sua idade. Decidi que não podia ter mais de 19 anos. Era alto, magro, olhos muito azuis, vestia um jeans rasgado. Por um momento, nossos olhares se cruzaram. O dele, cristalino, parecia confessar alguma coisa que eu jamais saberia e isso me incomodou. Numa rua lateral, que se perdia em direção aos morros, crianças corriam atrás de uma bola colorida, meninos, meninas, dois cachorros, um branco, outro amarelo, todos sendo tragados pelo mesmo impulso.

Pensei em descer numa estação para andar por aquelas ruas que se espiralavam e pareciam me atrair para algum lugar impensável. Sempre, desde criança, nas tardes que caem, eu me sinto magnetizado por essas cenas de subúrbio. Passamos por um supermercado, por uma igreja, por um estacionamento repleto de ônibus, por um ferro-velho, por um caminhão atravessado numa ruela, verde, desbotado, com uma frase no para-choque, que só li pela metade, "a cada curva..." O restante perdeu-se numa dobra da linha férrea, antes de riacho, depois de uma passarela, entre uma escola toda azul e uma casa vermelha com as vidraças quebradas e uma porta amarela impecável, tão sólida.

Subiu uma mulher com um bebê. Devia ter uns 25 anos. Morena, esguia, suave, lábios vermelhos, olhos castanhos. A criança, de poucos meses, dormia, envolta em panos azuis, contra o seu peito. O garoto com a camisa do Flamengo levantou-se para ela sentar sem mesmo erguer os olhos. Postou-se do outro lado do vagão. Em pé. Ao lado da mulher, um homem, que depois percebi ser o marido dela, segurava uma bolsa com motivos infantis. O trem cortava a parte quase rural do trajeto quando o silêncio foi interrompido por uma voz juvenil:

– Você é a filha da Dona Carlinda, não?

Era o garoto torcedor do Flamengo. Os olhos dele brilhavam.

– Sou, eu mesma, como sabe? – a voz dela estremecia.

– Ela foi minha professora.

A conversa tomou logo um tom afetuoso. O garoto quis saber do bebê, da sua idade, do que como andava a antiga professora, de tudo. A jovem tirou uma fotografia do rapaz para mostrar à mãe. Foi pouco depois disso, eu me lembro como se tivesse gravado, que perguntou:

– Você tinha uma irmã, não?

– Sim, mais nova, a Sandra.

– Sim, eu me lembro dela, da Sandra. O que ela faz?

– É professora.

– E você?

– Também.

Ele resumiu a sua vida, o seu casamento precoce, o seu trabalho, os seus sonhos. Ela multiplicou as perguntas antecipando as que a mãe faria quando lhe contasse do encontro. Quando faltavam três estações para o final, sob um fundo de árvores agitadas por um vento de fim de inverno, o jovem torcedor do Flamengo perguntou com voz insegura:

– Então a sua irmã vai bem?

– Muito bem, a Sandra. Tem uma filhinha.

Não deu tempo para mais nada. O garoto saltou do trem. O marido, que só então se manifestou, com voz de esposo, disse:

– Esse cara era ligado na sua irmã! Perguntou duas vezes por ela.

– Não duvido. Eram todos caidinhos pela Sandra.

O trem continuava parado. O condutor anunciou um pequeno contratempo. Partida em cinco minutos. Olhei para a rua e me senti aspirado pelas cores do entardecer. Quando vi, estava caminhando na plataforma. Havia uma alameda arborizada do outro lado da rua. Eu precisava, esse era o meu sentimento, andar sob aquelas árvores. Na saída, estava o garoto flamenguista, com seus cabelos muito curtos, conversando com um cara que devia ter a mesma idade dele, embora se vestisse como um sertanejo universitário e usasse aparelho dentário.

– Sabe o que me aconteceu? – perguntou o flamenguista.

– Claro que não.

– Encontrei agora no trem a mulher que mais amei até hoje.

Uma pessoa

Ela tinha 20 anos.

Amava Maria Bethânia, Raul Seixas e os Rolling Stones. Usava calça jeans, camisa de mangas compridas e um chapéu de caubói.

O cabelo era muito preto e curto.

Estava sempre sozinha ou na companhia de Mariana, uma menina magra e loura que apenas sorria. Os meninos riam dela. As meninas não sabiam como se comportar diante dela. Os adultos cochichavam quando a viam. Todos sabiam, contudo, que podiam contar com ela para cuidar de doentes, ficar com as crianças quando alguém precisava sair, acompanhar velhos ao hospital ou passar a noite num velório.

Ela jamais dizia não. Ninguém lhe dizia sim ao que desejava.

Um dos seus hábitos mais solitários era assistir à chegada e partida do trem de passageiros. A plataforma dividia-se em duas partes. De um lado, ela. De outro, os demais. Numa carta, anos mais tarde, diria: "Ninguém me viu chorar quando o sol caía por trás dos eucaliptos. Ninguém me viu pedir companhia, sorrir para um passante a caminho da estação, estender a mão no meio da noite. Ninguém me ouviu quando eu mais tinha coisas para contar, coisas que nunca paravam de bulir dentro de mim". Ela dizia "bulir" com os olhos baixos, pois sempre baixava os olhos quando, por necessidade, alguém lhe dirigia a palavra com uma ordem dissimulada como pedido. Ela sempre obedecia.

Acreditava que assim se faria amar.

A mãe de Mariana vivia fora de órbita.

Não se importava com a filha. Era assim. A moça de jeans e chapéu de caubói amava Mariana, que não sabia o que era o amor. Todos falavam de coisas imorais que supostamente elas faziam juntas, embora ninguém as tivesse visto nem sequer de mãos dadas. Ninguém dizia o nome dela. Preferiam dizer "Ela". Simplesmente, Ela.

– Ela já passou no rumo da estação.

Havia sido sempre assim?

Desde, ao menos, quando ela tinha seis ou sete anos e passou a ser chamada de estranha. Não queria vestido. Não queria rosa. O pai logo se horrorizou. Não escondia o asco que sentia. A mãe, depois do choque, que confessava sem parar às amigas, tentava aceitar. Só não sabia o quê? Pois ela nada dizia, nada pedia, nada contava. Nem para Mariana. Quando se sentia muito angustiada, caminhava pelos campos de onde voltava com flores, ervas e ovos de pássaros para a amiga. Podia andar léguas sem se cansar. As velhas não deixavam de falar:

– Essa daí não tem medo de cachorro nem de boi brabo.

– Nem de cobra.

– Aí tem coisa.

Então, numa primavera, tudo aconteceu.

As mães não a chamaram mais para ficar com as crianças. Os velhos preferiam ficar sozinhos a tê-la como companhia. A mãe de Mariana repentinamente passou a controlar a filha. Restavam-lhe os velórios para ter com quem ficar. Mas morria pouca gente. Um dia, quando a tarde caía, pois há coisas que parecem sempre acontecer quando a tarde cai afastando esperanças, a mãe lhe disse:

– Vai embora. Ninguém te quer aqui.

Olhou a para mãe e viu uma sombra nos olhos dela. Um buraco negro e longo. Fugiu para a estação, que era o seu lugar. Quando o trem chegou, parecia saber o que procurava. Finalmente sorriu. Um sorriso esquisito para um homem que a fitava com olhos zombeteiros. Tinha uma cicatriz no lado esquerdo do rosto. Ele desceu. No dia seguinte, partiram juntos no trem. A comunidade toda estava lá para vê-la ir embora. Um velho de barba longa não se impediu de dizer:

– Com homem pode ficar.

Não se despediu do pai. Para a mãe, destinou uma única frase:

– Vou te odiar até o meu último dia.

Nos 24 anos que se passaram lentamente, não deixou um só dia de pensar na mãe e de odiá-la. Cumpria rigorosamente a sua promessa. Não fosse isso, poderia dizer que, depois de muito sofrimento, era feliz. Estava casada com Mariana, outra Mariana, e tinham dois filhos. Então, como de costume no roteiro da vida, normalmente de pouca originalidade, recebeu um telegrama. Ainda se enviavam telegramas. O último que recebera, oito anos antes, informava a morte do pai. Não fora ao enterro. Agora, era a doença da mãe. Algo se mexeu dentro dela. Uma placa tectônica. Sentiu que era a hora de retornar. Trem não havia mais. A linha férrea apodrecia ao relento como uma lembrança inútil e cinzenta. Voltou de ônibus. Encontrou tudo praticamente igual. Andou pelos campos e recolheu ovos de pássaros.

Na cabeceira da cama da mãe, não se conteve:

– Por que me mandou embora?

– Pela tua felicidade.

– Viu como eu fui?

– Vi. Eu te odiei por isso.

A mãe morreu uma semana depois. Nada mais se disseram. No cemitério, viu uma foto de uma moça loira num túmulo precisando de cuidados: Mariana Furtado (1960-1982). Na fotografia, único registro daquela viagem perdida no tempo, Ela aparece sozinha na estação abandonada. Parece olhar o vazio. Do outro lado, os eucaliptos em fila. Não se sabe quem tirou a foto. Imagens não contam tudo.

Heróis nunca sabem o que fazem.

Em silêncio

Certas histórias se repetem como se fossem mentiras contadas para afugentar o medo da noite, que esconde a morte e o tempo na sua capa de veludo e de chocolate. Ouvi três vezes o que vou contar, em três lugares muitos diferentes e distantes, ao menos mil quilômetros de separação entre eles. A primeira vez eu ainda era criança no sul do mundo. A segunda, homem feito, vivendo no centro do país. A última, faz poucos dias, beirando os 60 anos. Três versões sobre um mesmo fato? Não. Três fatos para um mesmo juramento. Esta é a história de um homem que decidiu nunca mais falar com a esposa, ofendido por não ter sido beijado ao chegar do trabalho, sem se separar dela. Havia filhos para criar. E ele não era homem de se separar.

Os anos passaram como passam os anos, ora lentos ora rápidos, jamais no ritmo desejado por quem se ocupa de contar os dias. Em certo sentido, o tempo só existe para quem tem pressa ou medo do futuro. Os filhos cresceram levando recados para quem estava sempre ouvindo. Quando cansaram desse teatro, foram embora viver da mesma maneira, ou quase, em outros lugares ou mundos. Eram três. Um homem e duas mulheres. Os velhos ficaram sós. O rosto dela estava sulcado pelas tristezas dos invernos sempre iguais. O dele, impávido como uma máscara esculpida em madeira, revelava a teimosia que continuava a lhe queimar por dentro, como se a sombra de um vulcão escondesse a lava. A mulher, que nada tinha jurado e por muito tempo esperara a rendição do colosso, falava com o marido, que não respondia. Ela o servia dia e noite, mesa e cama. Quando a queria, ele a tomava sem fazer perguntas. Jamais se descuidou deixando escapar alguma palavra.

Quando ela chorava, pois lhe acontecia de não conseguir se conter na solidão dos dias de chuva, ele a abraçava ternamente. Quantas vezes ficaram assim até a noite apagar suas sombras vazias? Apertava-a contra o peito sem pronunciar uma sílaba que fosse.

Nos 36 anos em que viveram assim, nunca ela ameaçou ir embora. Muitas vezes, porém, permitiu-se insultá-lo. Ele ouvia de cabeça baixa. Ao final de cada mês, ia à cidade fazer compras. Bastava vê-lo com sua roupa de domingo para que ela preparasse uma lista com tudo que faltava na casa. Ele voltava sempre com um presente: chocolates, perfume ou flores. Sempre um buquê de rosas vermelhas. Não raro, iam juntos. Não havia convite. Ela simplesmente decidia segui-lo.

Nessa estranha vida, dançaram tango e jogaram no cassino, viram, sem nunca se cansar, o sol nascer e morrer por trás do morro que lhes servia de chapéu, contemplaram as chuvas de inverno, os temporais de verão, as folhas de outono e as cores das primaveras, plantaram e colheram, criaram filhotes de muitos bichos e enterraram tantos animais de estimação, caminharam pelos campos, descansaram sob as copas frondosas das figueiras e perderam seus olhares no horizonte esperando a chuva ou o bom tempo, que se fazia raro. Certa época, ela adotou um hábito esquisito: lia para ele ao pé do fogo.

Se o tempo passou ou se foram eles que passaram, juntos e separados, é uma questão menor. Certo é que viveram essa morte cotidiana de mãos dadas. Sabe-se que as histórias mais realistas são aquelas que se mostram inverossímeis. Os críticos tomarão essa ressalva como uma justificativa, uma confissão. Danem-se os críticos. Eles também passarão. A verdade não se importa com eles. Veio o tempo do cansaço, dos braços pesados, da perda da memória. O velho esquecia-se de tudo, menos do seu juramento. Ela aprendera a decifrar os seus pensamentos. Quase sempre sabia o que ele desejava e o atendia.

Ele conseguiu, porém, esconder-lhe que a morte já o rondava.

Foi ao médico numa das idas à cidade.

Depois de muitos exames, que fazia sem esperança de boas notícias, ficou sabendo que podia sofrer um ataque mortal a qualquer momento. Precisava andar com o remédio ao alcance da mão. Passou a sentar-se ao lado dela para ver cada por do sol como se fosse o último. Não raro, pegava da mão dela e estremecia. E assim anoiteciam em silêncio dia após dia, exceto quando chovia. Quando o seu velho cavalo negro morreu, ele foi até a varanda, onde ela tricotava absorta alguma coisa que nunca terminava, e esperou, como um cão agoniado, que ela percebesse que a esperava. Então ela o seguiu até a cocheira.

No cair da tarde em que tudo aconteceu, pouco antes do sol morrer, ela estava na varanda. Ele a esperava sentado no banco de madeira que fizera, com uma guarda, para que pudessem esperar a noite sem dor nas costas. A fisgada que sentiu foi tão clara que ele não se conteve. Precisava pedir o remédio, guardado no bolso do casaco, o casaco que sempre deixava no cabideiro do quarto como se quisesse ficar longe dele, como se precisasse de um motivo grave para ceder.

– Velha, preciso...

Não conseguiu continuar.

Ela ouviu aquela voz que conhecia tão bem, aquela voz que não se dirigia a ela desde uma tarde perdida no passado, e sentiu uma estranha emoção. Mas preferiu responder com súbita altivez:

– Agora, não posso.

Quando o encontrou morto, o sol caía avermelhando o morro.

O estranho Eleutério

Como sabem, conheci Eleutério Guimarães em 1992, em Paris, num café da rua de Vaugirard com a Falguière, junto ao florista que se chamava Pedro e que nunca sorria, embora jamais deixasse de cumprimentar os passantes com a sua voz grave e seca. Muito magro, vestido de preto dos pés à cabeça, Eleutério me recordava alguém de quem ainda me lembrarei. É só uma questão de tempo. Era de Tacuarembó, no Uruguai, para onde pretendia voltar quando tivesse dinheiro para comprar uma chácara e vinte animais, entre os quais dois cavalos.

Vivia na capital francesa com a mente voltada para os campos da sua pátria. Falava francês sibilando, morava na rua do Cherche-Midi, num quinto andar sem elevador, de onde descia religiosamente para o seu cálice de vinho tinto da casa ao final das tardes.

– Gaúcho? – ele perguntou quando pedi uma lata de Orangina.

Confirmei. Ele explicou que não era pelo meu sotaque nem pela minha escolha pela laranjada gasosa francesa. Era, disse, pelo meu olhar. Confesso que não me detive na sua explicação. Em poucos minutos, éramos velhos amigos. Ele me falava de Enrique Amorim e da sua leitura do clássico "La carreta", que via como um símbolo da eternidade arquetipal na transição para o mundo da indústria na cultura platina. Outro dos seus assuntos preferidos era uma hermenêutica singular de "Juntacadáveres", de Juan Carlos Onetti, a quem dizia ter conhecido quando trabalhava como faxineiro na Biblioteca da Prefeitura de Montevidéu. Onetti, dizia, não falava, mastigava literatura. A tese mais cara de Eleutério era simples como o vinho que tomava lentamente para não ter de subir suas escadas:

– Toda literatura sul-americana é triste.

Para ele a tristeza caracterizava o sul-americano, especialmente o nascido ou crescido no campo. Por tristeza, contudo, não entendia um estado mórbido de paralisação ou sofrimento. Talvez o melhor fosse melancolia. Só que este termo lhe parecia demasiadamente psicanalítico e estava numa fase de ruptura com Freud e cia. Um dia, apareceu com um baralho e me convidou para jogar truco. Ficou perplexo quando lhe disse que não sabia manejar as cartas. Nem tentou me ensinar. Preferia falar do livro que escrevia, embora nunca tenha me mostrado uma página, intitulado "Imaginário pampiano". Uma única vez me deixou ver a epígrafe anotada num guardanapo: "Quem nasce com o pampa na alma, morre com o pampa no corpo". Tinha uma veia teatral. Gostava de usar um chapéu preto de copa alta que chamava muito a atenção das pessoas.

– Mi chambergo – dizia orgulhosamente.

Podia falar horas sobre a evolução dos chapéus na história platina. Conseguiu me arrastar uma noite para comer uma parrillada num restaurante uruguaio da rua de Liancourt. No metrô, exultava:

– Vamos comer achuras como estivéssemos em casa – repetia.

Quando estava de bom humor, com paciência para ouvir, ele me deixava falar sobre Ricardo Guiraldes e até sobre Roberto Arlt. Quando me interrompia, enfastiado de minhas paixões argentinas, perguntava:

– Nunca pensaste em ser Borges?

Mesmo no forte do inverno andava mal agasalhado, com um esquálido Burma preto sobre a camisa preta. Na rua, vestia um "manteau" preto que não fazia face ao vento gelado de fevereiro.

Nessas ocasiões, ficava nostálgico e falava para seres ausentes:

– O que nos marca é o vento. Vi no teu rosto, no primeiro dia, a nossa maneira de franzir os olhos para enfrentar a ventania. No meu povoado o vento é de mármore. Lembro de cada geada e de cada assobio do vento.

Não se expandia sobre as suas atividades na França. Afirmava que estava em Paris para terminar o seu livro em paz, com o distanciamento e a solidão necessários à reflexão e ao resgate dos sentimentos:

– Só escreve bem quem sente saudades – ensinava.

Numa vez em que pediu uma garrafa de vinho em vez do seu contido cálice habitual, deixou escapar uma confissão sobre a qual não se deu o trabalho de prestar os necessários e esperados esclarecimentos:

– Deixei o cavalo passar encilhado duas vezes e não montei.

Não foram poucas as minhas tentativas para decifrar os seus mistérios. Quando eu o pressionava abertamente, ele enveredava por digressões metafísicas sobre liberdade de escolha, acaso e destino:

– Nunca soube de alguém para quem o cavalo encilhado tenha passado pela terceira vez. Não há qualquer obra literária ou filosófica sobre isso. E olha que procurei. Li tudo o que se possa imaginar.

Gostava dele. Era um homem afável, saudoso e com uma prosa poética que não chegava a pesar como um pastiche ou como má poesia.

– Hoje estás com o pampa nos olhos – ele me dizia vez ou outra.

Então me fitava como se quisesse mergulhar no meu olhar para emergir no Uruguai. Até que não resisti e lhe perguntei entediado:

– Por que não voltas para o teu lugar?

– Voltar? Como assim?

– O que te impede?

– Como voltar para a minha infância?

Não pensei naquele momento que eu viria a sofrer do mesmo mal. A última vez que vi Eleutério Guimarães foi numa quinta-feira chuvosa de novembro. Estava feliz. Falou sobre o andamento do seu livro. Quando nos despedimos, teve de segurar o "chambergo" com a mão esquerda. Desapareceu dobrado pelo vento na esquina tríplice das nossas ruas. Nunca mais tive notícias dele. Não encontrei seu nome em Tacuarembó.

Um morador de rua, porém, me deu uma pista:

– Procure do lado dos bebês vendidos pela ditadura argentina.

Continho de Natal

Todo ano era a mesma coisa.

João Vieira descia da sua torre de marfim para distribuir presentes. Durante uma semana, era outro homem.

Depois, como se nada tivesse acontecido, vestia novamente a sua couraça e voltava aos negócios.

O Natal transfigurava João Vieira.

Na verdade, ele não se transformava noutro homem inteiramente. Permanecia silencioso, quase árido.

O espírito natalino não o amolecia. João Vieira detestava pieguice, melodramas e sentimentalismos.

O Natal era oportunidade para ele fazer o bem, minorar o sofrimento de alguns e cumprir uma promessa que fizera muitos anos antes à sua mãe: pensar nos pobres.

Cumpria o seu papel com eficiência. Gastava uma boa quantia. Como era um homem de princípios, não delegava a sua tarefa para a secretária. Caso fizesse isso, teria a sensação de estar trapaceando. Escolhia e entregava os presentes. Com o tempo, encontrou seus métodos.

Certo Natal, pegou uma carta numa agência dos correios e foi atrás do remetente. O pedido, assinado por Lu, de 10 anos, era muito particular: Vem me ver.

João Vieira teve medo. Pensou que podia ser uma armadilha. Imaginou-se sequestrado ou morto.

Deixou a carta de lado por alguns minutos. Ficou pensativo. Pegou outras cartas. Já estava indo embora quando uma espécie de palpitação o fez retomar a primeira carta. Num impulso, o que raramente lhe acontecia, decidiu encontrar o remetente. Queria conhecer aquele Lu. Queria saber quem era o menino que só pedia uma visita.

Comprou muitos brinquedos e sentou-se ao volante do seu carro. Digitou o endereço no GPS e deu a partida. Não andou 20 metros. Achou que precisava comprar alguma coisa mais útil. Entrou num shopping e adquiriu um computador e uma bicicleta. Saiu radiante imaginando a alegria de Lu.

Guiado pela precisão do aparelho, que lhe parecia um brinquedo maravilhoso, encontrou sem dificuldade a casa do menino, que estava sentado num degrau de madeira.

João Vieira mostrou-lhe a carta. O menino sorriu. O homem tirou do carro seus presentes. Lu sorriu novamente.

Em poucos minutos, João Vieira sufocou o guri de presentes. Lu apenas sorria. Um sorriso tímido e bonito.

Desconcertado com a falta de comentários do menino, João Vieira cometeu quase um excesso: pousou a mão na cabeça da criança, fez-lhe um afago e voltou ao carro.

Já ia bater a porta quando uma ouviu a vozinha de Lu tilintar nos seus ouvidos como se fosse de brinquedo:

– Senhor... Eu só queria...

– Não gostou dos presentes?

– Sim, claro, mas eu queria mesmo era...

– Diga, menino, que eu compro.

– Eu só queria um abraço.

– Um abraço!?

– Sei que é difícil, mas eu nunca ganhei um.

João Vieira descobriu o valor da pieguice.

Ao contar o que lhe acontecera, sentiria a voz embargada.

– Deve ser por causa do ar-condicionado.

Inocência natalina

Era uma vez um país corrupto, mas um país tão corrupto que o partido da situação, depois de ter sido campeão da defesa da moralidade, quando era oposição, vivia agora atolado em escândalos e roubalheiras impressionantes, tendo por adversário um partido com um número equivalente de escândalos e de críticos da corrupção. Esse país, situado no sul do mundo, chocou um menino de nove anos, que escreveu uma carta ao Papai Noel com um único e pungente pedido:

– Papai Noel, só te peço um presente, que nossos políticos se tornem honestos e nunca mais roubem um centavo do dinheiro público.

O Bom Velhinho coçou a longa barba e ficou sem saber o que responder. Esboçou uma primeira carta bastante sincera e direta:

– Acho que está havendo uma pequena confusão, meu querido amiguinho. Não sou santo nem Deus. Dou presentes, não faço milagres.

Já ia assinar quando se deu conta que não tinha o direito de responder de maneira tão crua a uma criança. Como poderia tirar as ilusões de um menino com tanta crueldade? Obrigou-se a pensar melhor. Depois de muitos rascunhos e de algumas noites insones, respondeu:

– Vou dar uma parada na Suécia para ver como eles fazem.

Chegou a selar o envelope. Desistiu. Quem sabe um e-mail? O problema agora era a reação do pai da criança. E se fosse um neoliberal desses que não gostam de pagar impostos e querem privatizar tudo pelo bem próprio? Poderia acusá-lo de tentar influenciar o menino com o mau exemplo da Suécia, onde, satisfeitas, as pessoas pagam 45% de impostos sobre seus ganhos e têm, em contrapartida, ensino gratuito em todos os níveis, estradas sem pedágio e saúde de qualidade.

– Meu filho, o seu pedido está fora do meu alcance. Só os adultos do seu país, que votam, poderão acabar com os políticos corruptos.

Foi o que Papai Noel escreveu, mas não se atreveu a enviar. Só lhe restava não responder. Silenciar era uma covardia. Papai Noel não se sentia bem no papel de covarde. Foi aí que ele teve uma ideia genial: presentear os adultos do país com uma relação completa e comprovada de todos os políticos e empresários corruptos. Papai Noel acionou os seus colaboradores, sem necessidade de deleção premiada, para compor a lista o mais rapidamente possível. Faltavam 24 horas para o Natal e o trabalho continuava. Papai Noel não queria ser injusto e consultava cada acusado antes de incluir o seu nome.

– Sou inocente – era a resposta de cada suspeito.

Ingênuo, Papai Noel acreditou. Escreveu, então, para o garotinho que esperava, já caindo de sono, o seu presentinho.

– Meu amiguinho, o seu país é o país dos inocentes. Seja feliz.

O guri leu a mensagem e ficou de olhos arregalados. Não chorou, não riu, não se manifestou na hora. Foi dormir.

Ao acordar, recebeu muitos presentes. A mãe dele entregava os pacotes e dizia feliz:

– Olha o que Papai Noel te deixou.

– Não foi Papai Noel, foi você.

– Claro que foi Papai Noel.

– Não acredito mais em Papai Noel. Não sou inocente.

Anos depois, a mãe diria de qualquer coisa:

– Foi naquele dia em eu você cresceu.

Realismo banal

Quando lhe costuraram a boca, ele chorou. As lágrimas que rolaram pelo seu rosto pálido, abrindo sulcos profundos, eram ácidas como a sua língua. Melhor dizendo, eram agridoces como a sua língua. Podia ser melífluo ou vulcânico. Não amaldiçoou. Pensou no silêncio que marcaria a sua vida dali em diante. Falaria com os dedos, com os olhos, com a alma. Podiam ter-lhe arrancado os olhos, cortado os dedos, tapado os ouvidos (era chamado de orelhão por ouvir todo mundo). Em todos os casos, sofreria. Costuraram a sua boca com um fio de náilon muito fino. Vivia no bairro La Boca, imitação do famoso reduto de Buenos Aires, em Solidão. Torcia, de longe, pelo River.

• • •

Quando lhe secaram as lágrimas, por meio de um procedimento químico revolucionário, ele chorou com as mãos. Consideravam que suas lágrimas eram provocações indecorosas. Se não sorria nem aplaudia, que não chorasse tampouco. A vida devia seguir o seu curso e ele não podia servir de mau exemplo. Morava em Silêncio e cabia-lhe ser patriota. Viram-no ao amanhecer apalpando o rosto árido. Explicaram num comunicado que não lhe haviam pedido nada excepcional. Sem a devida colaboração, certamente por falta de compreensão da gravidade do momento, tomaram as medidas necessárias para que não contaminasse outros com lágrimas indevidas. Enviaram-lhe um estoque de colírio.

• • •

Quando lhe cortaram as mãos, numa sexta-feira ensolarada, avisaram que a culpa era só dele. Nunca havia parado de acenar. Vivia em Remédios e acreditava na salvação pelos gestos. Tudo o que lhe haviam pedido, explicaram complacentemente, era que controlasse os seus dedos inquietos. Disseram-lhe que parasse de ouvir Victor Jara e se concentrasse em algo mais útil. O tempo, porém, era vasto como as madrugadas e ele não sabia mais separar o útil dos abismos do amanhecer. Quando o sol lambia as janelas ele acenava aos passantes.

• • •

Quando lhe arrancaram os olhos, numa noite de chuva, argumentaram que era para o seu bem. Via demais, mesmo com sua miopia, e isso o impedia de enxergar somente o essencial. Além disso, justificaram, eram castanhos. Comuns demais. Morava em Sombras e passava os seus dias espiando pelas janelas a rua onde vagavam seres extraviados. Era preciso que se concentrasse em algo mais interior e construtivo. Nessa época, todas as suas construções eram miragens.

• • •

Quando lhe tiraram a alma, com uma máquina inventada para extirpar inconveniências, ele já não se revoltou. Estava em Reminiscências lendo poesia e imaginando a vida depois da morte. Mostraram-lhe que era o melhor para ele nas condições em que se encontrava. Não se deram o trabalho de explicar quais eram. O fundamental é que não ficariam cicatrizes nem frestas pelas quais entrar o vento da noite. Poderia conservar intacto o seu cérebro, sujeito a eventuais ressonâncias magnéticas preventivas. O tempo havia passado e sobravam-lhe alguns anos para contemplar o infinito.

Quando o vírus chegou lhe disseram que não era tão grave assim.

Chegou a contar seiscentos e setenta mil mortos.

Vivia, nessa época, numa realidade paralela.

Borges, el universal

Conta-se que o argentino Jorge Luis Borges (1899-1986) foi o homem mais universal da sua aldeia, chamada por certo Marshall McLuhan, de aldeia global, mais conhecida como mundo. Conta-se também, em ficções não escritas, mas nem por isso menos verdadeiras, ou talvez por isso mais instigantes, que, mesmo cego, Borges via muito longe, mais longe que seus contemporâneos, tão longe quanto alcançava a sua imaginação: via o que só os grandes artistas enxergam, a alma dos lugares, o imaginário dos mundos, as mitologias por trás da banalidade do cotidiano, a aura em torno da cabeça dos feirantes e dos suburbanos. Conta-se que graça a isso o urbano Borges interpretou o coração da pampa como poucos, talvez exatamente como o viviam os *gauchos* que conheceu ou inventou. Conta-se que mesmo tendo passado a vida em bairros nobres, no centro pulsante da vida cultural, econômica e social, Borges foi capaz de compreender a periferia de Buenos Aires, os subúrbios com suas histórias e seus mitos universais, de modo tão perfeito que até o fictício foi adotado como verdadeiro pelos retratados para livrar o criador de qualquer inconsistência.

Conta-se que quando Borges passava, pois, às vezes, ele ainda passava, pessoas sussurravam encantadas: lá vai o homem que vê aquilo que a Argentina apenas sonha ou chora em silêncio. Só não se conta o que Borges sentia quando contava suas histórias para si mesmo. Na sua magia de narrador e na solidão incomensurável da sua magia, o autor brincava de ser e não ser, enquanto o sol caminhava no céu. Borges, el universal, aquele que não se contentava em ser cidadão do mundo, preferindo escrever novos mundos para a sua cidadania. Gracias!

Sabe-se que Borges foi uma ficção de Borges.

Avante, pois

Ele sabe que chegou a hora, não há mais como postergar, a verdade está pulsando na sua cabeça feito a chuva fina que cai quando ele se põe a caminhar. Os pensamentos se aceleram numa vertigem que o faz tropeçar: nas pernas, nos sonhos, nos desejos, nos medos – como sente medo! –, um medo sempre maior de cair, de não levantar, de ficar sozinho no meio do nada, atravessando o deserto com o camelo nas costas, uma ampulheta na mão esquerda, o relógio de pulso na mão direita, o sangue vertendo no pulso de onde o relógio saiu, os passos maiores do que as pernas numa esteira que não obedece ao comando.

Sabe que sua camiseta verde com uma estampa da Rodésia não o salvará da queda nem o levará a um porto seguro onde possa contar o que sente. E o que sente? Uma mistura de cansaço com raiva, muita raiva de já não ser o que fora, o que queria ser, de já não ter a coragem de antes, de não ser mais o cara que prometia mudar o mundo e acreditava na promessa com a fúria de um canto seco e rouco, a voz do sonhador chorando na esquina enquanto tudo se perdia na convulsão do tempo, aos solavancos, tendo ataques, beijando o solo, erguendo-se para continuar numa solidão povoada de sombras e assombrações.

Se pudesse, ele se diz enquanto corre, enquanto morre, faria tudo de novo com algumas pequenas diferenças: olharia no olho do furacão e sorriria como se fixasse o olhar na lente para uma foto três por quatro. Nunca soube, contudo, olhar para a câmera, sentindo sempre a fixação perversa da lente, olho cruel que desvendava os seus segredos na luz triste das tardes ou na escuridão senil das noites escritas no quadro verde da sala vazia. O que lhe restava era essa sensação de pureza, de planta que se exibe sem razão de ser, de lugar solitário na melancolia do parque, como um banco, um pássaro, uma pedra, uma bola, uma poça de água lenta para evaporar ou vazar.

Agora ele caminha no sentido oposto ao do começo, anda mais devagar por descobrir que do outro lado só há mais do mesmo, a cidade sem bosque, edifícios rondando as nuvens numa tentativa fracassada de tocar o céu. Se soubesse, cantaria uma música em homenagem ao fim do dia, aos transeuntes - gosta dessa palavra feia -, aos que voltam para suas casas cumprindo a rotina dos barcos, dos elefantes e dos empregados com crachás ainda pendurados nos casacos repetitivos e ternos. Então se apressa para ser o primeiro a cumprir o esperado, essa meta inútil que o desafia e satura, objetivo que alcança a cada dia sem comemorar nem perceber, feito máquina bem azeitada e obediente, eis a sua principal característica, ia dizer virtude, essa capacidade de seguir a direção da luz, inclusive da luz agonizante.

Ainda se extasia, sim, ele se extasia, com os matizes das cores na descida do céu, assim como se encanta com as súbitas mutações da luminosidade dos dias. Ele sabe que terá de contar tudo de si, algo que o constrange e cansa, não que tenha um grande segredo, talvez seja mesmo o contrário, nada tem para contar, exceto essa certeza de ter feito o caminho, de ter andado sempre para frente sem perceber o quanto regredia, que é como andam as pessoas depois de certo tempo, quando o grande salto já se tornou improvável, ou impossível, e toda manhã se confunde com uma tarde de agosto, aquela tarde de agosto em que teve consciência de si e da sua imensa tristeza diante do universo. Não se sente diminuído nem perdido, detesta as dramatizações e ouve música para se alimentar de boas doses de beleza, o que está pegando é uma inclinação repentina para as caminhadas mais longas, os passos mais curtos, o coração mais acelerado, as lembranças se chocando umas com as outras numa pressa esquisita de confessar, de se confessar, de gritar uma mensagem ao mundo, uma mensagem muda.

Houve o tempo em que andava com suas lanças, houve o tempo em que singrava mares, o tempo em que sangrava nas madrugadas. Agora, enquanto aperta o passo sem sair do lugar, busca o ar e o crepúsculo com olhos marejados. Terá de falar e isso o incomoda, pois economiza as palavras para os momentos mais especiais, aqueles em que o silêncio goteja como a chuva fina, que agora aperta, bela na sua leveza, triste na sua melancolia, carregada de histórias que não voltarão. Ele se vê num espelho imaginário e diz: eis o homem. Tem gosto por essa fórmula, assim como por outra, lida num clássico, avante, pois! É isso que quer, que faz, jogando os braços para frente, sentindo as pernas forçarem o tecido da calça jeans, estufando o peito sem que as velas se enfunem apesar do vento que sopra assobiando como numa valsa.

Pode ficar uma sessão inteira diante do terapeuta sem encontrar todas essas palavras que o habitam enquanto caminha. Quando, contudo, tenta expulsá-las, ou canalizá-las para alguém, elas se calam, refugiando-se nos recantos mais turvos da sua alma, lugares jamais alcançados pelas sondas que lança em busca de informações sobre esse ser, ele mesmo, que se esconde em galáxias distantes, onde nunca alguém esteve, nem ele, no domínio das suas faculdades mentais. O tempo escoa, é hora de cumprir a rotina, de avançar para o fim.

Amanhã haverá sol.

– Avante, pois!